诗云

刘慈欣 等◎著

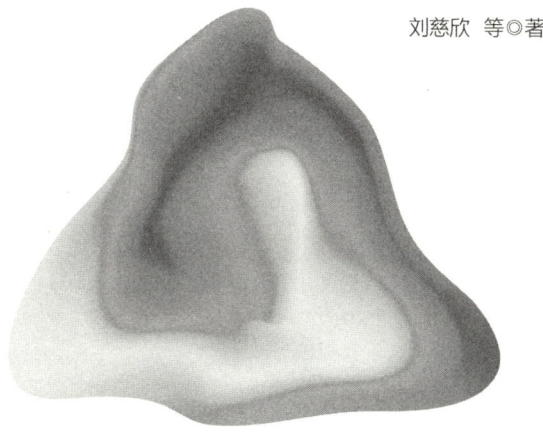

北方联合出版传媒(集团)股份有限公司
万卷出版有限责任公司

ⓒ　刘慈欣等　2022

图书在版编目（CIP）数据

诗云 / 刘慈欣等著 . -- 沈阳 : 万卷出版有限责任
公司 , 2022.7（2023.9 重印）
ISBN 978-7-5470-5957-9

Ⅰ . ①诗… Ⅱ . ①刘… Ⅲ . ①幻想小说 - 小说集 - 中
国 - 当代 Ⅳ . ① I247.7

中国版本图书馆 CIP 数据核字 (2022) 第 061902 号

出 品 人：王维良
出版发行：北方联合出版传媒（集团）股份有限公司
　　　　　万卷出版有限责任公司
　　　　　（地址：沈阳市和平区十一纬路 29 号　邮编：110003）
印 刷 者：北京欣睿虹彩印刷有限公司
经 销 者：全国新华书店
幅面尺寸：145mm×210mm
字　　数：220 千字
印　　张：8.125
出版时间：2022 年 7 月第 1 版
印刷时间：2023 年 9 月第 2 次印刷
责任编辑：王　越
责任校对：张　莹
装帧设计：平　平
ISBN 978-7-5470-5957-9
定　　价：48.00 元
联系电话：024-23284090
传　　真：024-23284448

目录

诗云 / 刘慈欣

当技术染上浪漫色彩

伊依一行三人乘一艘游艇在南太平洋上吟诗航行，他们的目的地是南极，如果几天后能顺利到达那里，他们将钻出地壳去看诗云。

今天，天空和海水都很清澈，对于作诗来说，世界显得太透明了。抬头望去，平时难得一见的美洲大陆清晰地出现在天空中，在东半球的巨大穹顶上，大陆好像是墙皮脱落的区域⋯⋯

哦，现在人类生活在地球里面，更准确地说，人类生活在气球里面——地球已变成了气球。地球被掏空了，只剩下厚约一百千米的一层薄壳，但大陆和海洋还原封不动地存在着，只不过都跑到里面了——球壳的里面。大气层也还存在，也跑到球壳里面了，所以地球变成了气球，一个内壁贴着海洋和大陆的气球。空心地球仍在自转，但自转的意义已与以前大不相同——它产生重力。构成薄薄地壳的那点质量产生的引力是微不足道的，地球重力现在主要由自转的离心力来产生了。但这样的重力在世界各个区域是不均匀的：赤道上最强，约为 1.5 个原地球重力；随着纬度增高，重力也渐渐减小，两极地区的重力为零。现在，吟诗游艇航行的纬度正好是原地球的标准重力，但也很难令伊依找到已经消失的在实心地球上旧世界的感觉。

空心地球的球心悬浮着一个小太阳，现在正午的阳光照耀着世界。这个太阳的光度在二十四小时内不停地变化，由最亮渐变至熄灭，给空心地球里面带来昼夜更替。在某些夜里，它还会发出月亮的冷光，但只是从一点发出，看不到圆月。

游艇上的三者中有两个不是人，其中一个是一头名叫大牙的恐龙。他高达十米的身躯一移动，游艇就跟着摇晃倾斜，这令站在船头的吟诗者很烦。吟诗者是一个干瘦老头儿，同样雪白的长发和胡须混在一起飘动。他身着唐朝的宽大古装，仙风道骨，仿佛是在海天之间挥洒写就的一个狂草字体。

他就是新世界的创造者——伟大的——李白。

一　礼物

事情是从十年前开始的。当时，吞食帝国刚刚完成了对太阳系长达两个世纪的掠夺，来自远古的恐龙驾驶着那个直径五万千米的环形世界飞离太阳，航向天鹅座。吞食帝国还带走了被恐龙掠去当作小家禽饲养的十二亿人类。但就在接近土星轨道时，环形世界突然开始减速，最后竟沿原轨道返回，重新驶向太阳系内层空间。

在吞食帝国开始返程后的一个大环星期，使者大牙乘一艘如古老锅炉般的飞船飞离大环，衣袋中还装着一个叫伊依的人。

"你是一件礼物！"大牙对伊依说，眼睛看着舷窗外黑暗的太空。它那粗嘎的嗓音震得衣袋中的伊依浑身发麻。

"送给谁？"伊依在衣袋中仰面大声问道。他能从衣袋口看到恐龙的下颚，像是悬崖顶上一大块突出的岩石。

"送给神！神来到了太阳系，这就是帝国返回的原因。"

"是真的神吗？"

"它们掌握了不可思议的技术，已经纯能化，并且能在瞬间从银河系的一端跃迁到另一端，这不就是神了？如果我们能得到那些超级技术的百分之一，吞食帝国的前景就很光明了。我们正在完成一个伟大的使命，你要学会讨神喜欢！"

"为什么选中了我？我的肉质是很次的。"伊依问。他三十多岁，与吞食帝国精心饲养的那些肌肤白嫩的人相比，他的外貌很有些沧桑。

"神不吃虫虫，只是收集。我听饲养员说你很特别，你好像还有很多学生？"

"我是一名诗人，在饲养场的家禽人中教授人类古典文学。"伊依很吃力地念出了"诗""文学"这类在吞食语中相当生僻的词。

"无用又无聊的学问。你那里的饲养员之所以默许你授课，是因为其中的一些内容有助于改善虫虫们的肉质……我观察过，你自视清高、目空一切，对于一个被饲养的小家禽来说，这很有趣。"

"诗人都是这样！"伊依在衣袋中站直。虽然知道大牙看不见，但他还是骄傲地昂起头。

"你的先辈参加过地球保卫战吗？"

伊依摇摇头："我的先辈在那个时代也是诗人。"

"一种最无用的虫虫。在当时的地球上就十分稀少了。"

"他生活在自己的内心世界里，对外部世界的变化并不在意。"

"没出息……呵，我们快到了。"

听到大牙的话，伊依把头从衣袋中伸出来，透过宽大的舷窗向外看。飞船前方有两个发出白光的物体，那是悬浮在太空中的一个正方形平面和一个球体，当飞船移动到与平面齐平时，平面在星空的背景上短暂地消失了一下，这说明它几乎没有厚度。那个完美的球体悬浮在平面正上方，两者都发出柔和的白光，表面均匀得看不出任何特征。它们仿佛是从计算机图库中取出的两个元素，是这纷乱宇宙中的两个简明而抽象的概念。

"神呢？"伊依问。

"就是这两个几何体啊。神喜欢简洁。"

距离拉近，伊依发现平面有足球场大小，飞船正在向平面上降落。发动机喷出的炽焰首先接触到平面，仿佛只是接触到一个幻影，没有在上面留下任何痕迹。但伊依感到了重力和飞船接触平面时的震动，说明它不是幻影。大牙显然以前来过这里，他毫不犹豫地拉开舱门走了出去。伊依看到他同时打开了气密过渡舱的两道舱门，心一下抽紧了，但他并没有听到舱内空气涌出时的呼啸声。当大牙走出舱门后，衣袋中的伊依嗅到了清新的空气，伸到外面的脸上感到了习习的凉风……这是人和恐龙都无法理解的超级技术，却以温柔而漫不经心的方式呈现出来，这震撼了伊依。与人类第一次见到吞食者时相比，这震撼更加深入灵魂。他抬头望望，球体悬浮在他们上方，背后是灿烂的银河。

"使者，这次你又给我带来了什么小礼物？"神问。他说的是吞食语，声音不高，仿佛从无限远处的太空深渊中传来，让伊依第一次感觉到这种粗陋的恐龙语言听起来很悦耳。

大牙把一只爪子伸进衣袋，抓出伊依放到平面上。伊依的脚底感到了平面的弹性。大牙说："尊敬的神，得知您喜欢收集各个星系的小生物，我带来了这个很有趣的小东西：地球人。"

"我只喜欢完美的小生物，你把这么肮脏的虫子拿来干什么？"神说。球体和平面发出的白光微微地闪动了两下，可能是表示厌恶。

"您知道这种虫虫？"大牙惊奇地抬起头。

"只是听这个旋臂的一些航行者提到过，不是太了解。在这种虫子不算长的进化史中，航行者曾频繁造访地球。这种生物的思想之猥琐、行为之低劣、历史之混乱和肮脏，都让他们恶心，以至于直到地球世界毁灭，也没有一个航行者屑于同它们建立联系……快把它扔掉。"

大牙抓起伊依，转动着硕大的脑袋，看看可往哪儿扔，"垃圾焚化口在你后面。"神说。大牙一转身，看到身后的平面上突然出现了一个小圆口，里面闪着蓝幽幽的光……

"你不要这样说！人类建立了伟大的文明！"伊依用吞食语声嘶力竭地大喊。

球体和平面的白光又颤动了两次。神冷笑了两声："文明？使者，告诉这个虫子什么是文明。"

大牙把伊依举到眼前，伊依甚至听到了恐龙的两个大眼球转动时骨碌碌的声音："虫虫，在这个宇宙中，对一个种族文明程度的统一度量标准是这个种族所进入的空间的维度。只有进入六维以上空间的种族才具备加入文明大家庭的起码条件。我们尊敬的神的一族已能够进入十一维空间。吞食帝国已能在实验室中小规模地进入四维空间，只能算是银河系中一个未开化的原始群落。而你们，在神的眼里不过是杂草和青苔。"

"快扔了，脏死了！"神不耐烦催促道。

大牙举着伊依向垃圾焚化口走去。伊依拼命挣扎，从衣服中掉出了许多白色的纸片。那些纸片飘荡着下落，从球体中射出了一条极细的光线，射到其中一张纸上时，纸片便在半空中悬住了，光线飞快地在上面扫描了一遍。

"唷，等等，这是什么东西？"

大牙把伊依悬在焚化口上方，扭头看着球体。

"那是……是我的学生们的作业！"伊依在恐龙的巨掌中吃力地挣扎着说。

"这种方形的符号很有趣，它们组成的小矩阵也很好玩儿。"神说，从球体中射出的光束又飞快地扫描了已落在平面上的另外几张纸。

"那是汉……汉字，这些是用汉字写的古诗！"

"诗？"神惊奇地问，收回了光束，"使者，你应该懂这种虫子的文字吧？"

"当然，尊敬的神，在吞食帝国吃掉地球前，我在它们的世界生活了很长时间。"大牙把伊依放到焚化口旁边的平面上，弯腰拾起一张纸，举到眼前，吃力地辨认着上面的小字，"它的大意是……"

"算了吧，你会曲解它的！"伊依挥手制止大牙说下去。

"为什么？"神很感兴趣地问。

"因为这是一种只能用古汉语表达的艺术。哪怕翻译成人类的其他语言，也会失去大部分内涵和魅力，变成另一种东西了。"

"使者，你的计算机中有这种语言的数据库吗？我还要有关地球历史的一切知识。给我传过来吧，就用我们上次见面时建立的那个信道。"

大牙急忙返回飞船，在舱内的电脑上鼓捣了一阵儿，嘴里嘟囔着："古汉语部分没有，还要从帝国的网络上传过来，可能有些时滞。"伊依从敞开的舱门中看到，恐龙的大眼球中反射着电脑屏幕上变幻的彩光。当大牙从飞船上走出来时，神已经能用标准的汉语读出一张纸上的中国古诗了：

"白日依山尽，黄河入海流。欲穷千里目，更上一层楼。"

"您学得真快！"伊依惊叹道。

神没有理他，只是沉默着。

大牙解释说："它的意思是：恒星已在行星的山后落下，一条叫黄河的河流向着大海的方向流去——哦，这河和海都是由那种由一个氧原子和两个氢原子构成的化合物组成——要想看得更远，就应该在建筑物上登得更高些。"

神仍然沉默着。

"尊敬的神，您不久前曾君临吞食帝国，那里的景色与写这首诗的虫虫的世界十分相似，有山有河也有海，所以……"

"所以我明白诗的意思。"神说。球体突然移动到大牙的头顶上，伊依感觉它就像一只盯着大牙看的没有瞳仁的大眼睛，"但，你，没有感觉到些什么吗？"

大牙茫然地摇摇头。

"我是说，隐含在这个简洁的方块符号矩阵的表面含义之后的一些东西？"

大牙显得更茫然了，于是，神又吟诵了一首古诗：

"前不见古人，后不见来者。念天地之悠悠，独怆然而涕下。"

大牙赶紧殷勤地解释道："这首诗的意思是：向前看，看不到在遥远过去曾经在这颗行星上生活过的虫虫；向后看，看不到未来将要在这颗行星上生活的虫虫。于是感到时空的无限，于是哭了。"

神沉默。

"呵，哭是地球虫虫表达悲哀的一种方式，它们的视觉器官……"

"你仍没感觉到什么？"神打断了大牙的话。球体又向下降了一些，几乎贴到大牙的鼻子上。

大牙这次坚定地摇摇头："尊敬的神，我想里面没有什么的。一首很简单的小诗罢了。"

接下来，神又连续吟诵了几首古诗，都很简短，且题材属于空灵超脱的一类，有李白的《下江陵》《静夜思》《黄鹤楼送孟浩然之广陵》，柳宗元的《江雪》，崔颢的《黄鹤楼》，孟浩然的《春晓》等。

大牙说："在吞食帝国，有许多长达百万行的史诗。尊敬的神，我愿意把它们全部献给您！相比之下，人类虫虫的诗是这么短小简陋，就像它们的技术……"

球体忽地从大牙头顶飘离开去，在半空中沿着随机的曲线飘行："使者，我知道你们最大的愿望就是希望我回答一个问题：吞食帝国已经存在了八千万年，为什么其技术仍徘徊在原子时代？我现在有答案了。"

　　大牙热切地望着球体说："尊敬的神，这个答案对我们很重要！求您……"

　　"尊敬的神，"伊依举起一只手大声说，"我也有一个问题，不知能不能问？"

　　大牙恼怒地瞪着伊依，像要把他一口吃了似的，但神说："我仍然讨厌地球虫子，但那些小矩阵为你赢得了这个权利。"

　　"艺术在宇宙中普遍存在吗？"

　　球体在空中微微颤动，似乎在点头："是的，我就是一名宇宙艺术的收集和研究者。我穿行于星云间，接触过众多文明的各种艺术，它们大多数都有着庞杂而晦涩的体系。用如此少的符号，在如此小巧的矩阵中包含如此丰富的感觉层次和含义分支，而且还要受到严酷得有些变态的诗律和音韵的约束——这，我确实是第一次见到……使者，现在可以把这虫子扔了。"

　　大牙再次把伊依抓在爪子里："对，该扔了它，尊敬的神。吞食帝国中心网络中存储的人类文化资料是相当丰富的，现在您的记忆中已经拥有了所有资料，而这个虫虫，大概就记得那么几首小诗。"说着，他拿着伊依向焚化口走去。"把这些纸片也扔了。"

神说。大牙又赶紧返身，用另一只爪子收拾纸片，这时伊依在大爪中高喊："神啊，把这些写着人类古诗的纸片留作纪念吧！您收集到了一种不可超越的艺术，向宇宙中传播它吧！"

"等等。"神再次制止了大牙。伊依已经被悬到了焚化口上方，感受到了下面蓝色火焰的热力。球体飘过来，悬停在距伊依的额头几厘米处。他同刚才的大牙一样，感受到了那只没有瞳仁的巨眼的逼视。

"不可超越？"

"哈哈哈……"大牙举着伊依大笑起来，"这个可怜的虫虫居然在伟大的神面前说这样的话。滑稽！人类还剩下什么？你们失去了地球上的一切，科学知识也忘得差不多了。有一次在晚餐桌上，我在吃一个人之前问它：地球保卫战中的人类的原子弹是用什么做的？它说是原子做的！"

"哈哈哈哈……"神也被大牙逗得大笑起来，球体颤动得像个椭圆，"不可能有比这更正确的回答了，哈哈哈……"

"尊敬的神，这些脏虫虫就剩下几首小诗了！哈哈哈……"

"但它们是不可超越的！"伊依在大爪中挺起胸膛，庄严地说。

球体停止了颤动，用近似耳语的声音说："技术能超越一切。"

"这与技术无关，这是人类心灵世界的精华，不可超越！"

"那是因为你不知道技术最终能具有什么样的力量，小虫子。小小的虫子，你不知道。"神的语气变得父亲般温柔，但潜藏在深处的阴冷杀气让伊依不寒而栗，"看着太阳。"

伊依按神的话做了。他们位于地球和火星轨道之间的太空，太阳的光芒使他眯起了双眼。

"你最喜欢的颜色是什么？"神问。

"绿色。"

话音刚落，太阳变成了绿色。那绿色妖艳无比，太阳仿佛是一只突然浮现在太空深渊中的猫眼，在它的凝视下，整个宇宙都变得诡异无比。

大牙爪子一颤，伊依掉在平面上。当理智稍稍恢复后，他们都意识到一个比太阳变绿更加令人震撼的事实：从这里到太阳，光需要行走十几分钟，但这一切都发生在一瞬间！

半分钟后，太阳恢复原状，又发出耀眼的白光。

"看到了吗？这就是技术，是这种力量使我们的种族从海底淤泥中的鼻涕虫变为神。其实，技术本身才是真正的神，我们都真诚地崇拜它。"

伊依眨着昏花的双眼说："但神并不能超越那样的艺术，我们也有神，想象中的神，我们崇拜它们，但并不认为它们能写出李白和杜甫那样的诗。"

神冷笑了两声，对伊依说："真是一只无比固执的虫子，这使你更让人厌恶。不过，为了消遣，就让我来超越一下你们的矩阵艺术吧！"

伊依也冷笑了两声："不可能的，首先你不是人，不可能有人的心灵感受，人类艺术在你那里只是石板上的花朵，技术并不能使你超越这个障碍。"

"技术超越这个障碍易如反掌，给我你的基因！"

伊依不知所措。"给神一根头发！"大牙提醒说。伊依伸手拔下一根头发，一股无形的吸力将头发吸向球体，然后从球体飘落到平面，神只是提取了发根上的一点皮屑。

球体中的白光涌动起来，渐渐变得透明，里面充满了清澈的液体，浮起串串水泡。接着，伊依在液体中看到了一个蛋黄大小的球，它在射入液球的阳光中呈淡红色，仿佛自己会发光。小球很快长大，伊依认出那是一个蜷曲着的胎儿，他肿胀的双眼紧闭着，大大的脑袋上交错着红色的血管。胎儿继续成长，小身体终于伸展开来，像青蛙似的在液球中游动。液体渐渐变得浑浊，透过液球的阳光只映出一个模糊的影子。看得出来，那个影子仍在飞速成长，最后变成了一个游动着的成人的身影。这时，液球又恢复成原来那样完全不透明的白色光球，一个赤裸的人从球中掉了出来，落到平面上。伊依的克隆体摇摇晃晃地站了起来，阳光在他湿漉漉的身体上闪亮。他的头发和胡子老长，但看得出来只有三四十岁的样子；除了一样的精瘦外，一点儿也不像伊依本人。克隆体僵立着，呆滞的目光望着无限的远方，似乎对这个刚刚进入的宇宙有些手足无措。在他的上方，球体的白光暗下来，最后完全熄灭，球体本身也像蒸发似的消失了。但这时，伊依感觉什么东西又亮了起来，很快发现那是克隆体的眼睛，它们由呆滞突然变得充满了智慧的灵光。后来伊依知道，神的记忆这时已全部转移到克隆体中了。

"冷，这就是冷？"一阵轻风吹来，克隆体双手抱住湿漉漉的双肩，浑身打战，但声音里充满了惊喜，"这就是冷。这就是痛苦，精致的、完美的痛苦。我在星际间苦苦寻觅的感觉，尖锐如洞穿时空的十维弦，晶莹如类星体中心的纯能钻石，啊——"他伸开皮包骨头的双臂，仰望银河，"前不见古人，后不见来者，念宇宙之……"克隆体冷得牙齿咯咯作响，赶紧停止了出生演说，跑到焚化口边烤火。

克隆体把两手放到焚化口的蓝火焰上，哆哆嗦嗦地对伊依说："其实，我现在进行的是一项很普通的操作。当我研究和收集一种文明的艺术时，总是将自己的记忆借宿于该文明的一个个体中，这样才能保证对该文明艺术的完全理解。"

焚化口中的火焰亮度剧增，周围的平面上也涌动着各色的光晕，伊依发觉这里仿佛成了一块漂浮在火海上的毛玻璃。

大牙低声对伊依说："焚化口已转换为制造口了，神正在进行'能—质'转换。"看到伊依不太明白，他又解释说，"傻瓜，就是用纯能制造物品——上帝的活计！"

制造口突然喷出一团白色的东西，在空中展开并落了下来，原来是一件衣服。克隆体接住衣服，穿了起来。伊依看到那竟是一件宽大的唐朝古装，用雪白的丝绸做成，有宽大的黑色镶边。刚才还一副可怜相的克隆体穿上它后立刻就显得像神仙下凡。伊依实在想象不出它是如何从蓝火焰中被制造出来的。

又有物品被制造出来——从制造口飞出一块黑色的东西，像石头一样"咚"地砸在平面上。伊依跑过去拾起来。他几乎不敢相信自己的眼睛——手中拿着的，分明是一方沉重的石砚，而且还是冰凉的。接着，又有什么"啪"地掉了下来，伊依拾起那个黑色的条状物。他没猜错，这是一块墨！接着被制造出来的是几支毛笔、一副笔架、一张雪白的宣纸——从火里飞出的纸！还有几件古色古香的案头小饰品，最后制造出来的也是最大的一件东西：一张样式古老的书案！伊依和大牙忙着把书案扶正，把那些小东西在案头摆放好。

"转化这些东西的能量，足以把一颗行星炸成碎末。"大牙对伊依耳语，声音有些发颤。

克隆体走到书案旁，看着上面的摆设，满意地点点头，一手理着刚刚干了的胡子，说："我，李白。"

伊依审视着克隆体问："你是说想成为李白呢，还是真把自己当成了李白？"

"我就是李白，超越李白的李白！"

伊依笑着摇摇头。

"怎么，到现在你还怀疑吗？"

伊依点点头说："不错，你们的技术远远超过了我的理解力，已与人类想象中的神力和魔法无异，即使是在诗歌艺术方面也有让我惊叹的东西——跨越如此巨大的文化和时空鸿沟，你竟能感觉到中国古诗的内涵……但理解李白是一回事，超越他又是另一回事，我仍然认为你面对的是不可超越的艺术。"

克隆体——李白的脸上浮现出高深莫测的笑容，但转瞬即逝。他手指书案，对伊依大喝一声："研墨！"然后径自走去，在快要走到平面边缘时站住，理着胡须，遥望星河，沉思起来。

伊依提起书案上的一只紫砂壶向砚上倒了一点儿清水，拿过那条墨研了起来。他是第一次干这个，笨拙地斜着墨条磨边角。看着砚台中渐渐浓起来的墨汁，伊依想到自己正身处距太阳 1.5 个天文单位的茫茫太空中，这个无限薄的平面（即使在刚才，由纯能制造物品时，从远处看它仍没有厚度）仿佛是飘浮在宇宙深渊中的舞台，在它上面，一头恐龙，一个被恐龙当作肉食家禽饲养的人，一个穿着唐朝古装、准备超越李白的技术之神，正在上演一场怪诞到极点的话剧，伊依不禁摇头苦笑起来。

墨研得差不多了，伊依站起来，同大牙一起等待着。这时，平面上的轻风已经停止，太阳和星河静静地发着光，仿佛整个宇宙都在期待。李白静立在平面边缘。由于平面上的空气层几乎没有散射，他在阳光中的明暗部分极其分明，除了理胡须的手不时动一下外，简直就是一尊石像。伊依和大牙等啊等，时间在静静地流逝，书案上蘸满了墨的毛笔渐渐有些发干。不知不觉，太阳的位置已移动了很多，把他们和书案、飞船的影子长长地投在平面上，书案上平铺的白纸仿佛变成了平面的一部分。终于，李白转过身来，慢步走到书案前。伊依赶紧把毛笔重新蘸了墨，双手递了过去，但李白抬起一只手回绝了，只是看着书案上的白纸继续沉思，目光中有了些新的东西。

伊依得意地看出，那是困惑和不安。

"我还要制造一些东西，那都是……易碎品，你们去小心接着。"李白指了指制造口说。那里面本来已暗淡下去的蓝焰又明亮起来。伊依和大牙刚刚跑过去，就有一条蓝色的火舌把一个球形物推了出来。大牙眼疾手快地接住了，细看是一个大坛子。接着又从蓝焰中飞出了三只大碗，伊依接住了其中的两只，有一只摔碎了。大牙把坛子抱到书案上，小心地打开封盖，一股浓烈的酒香溢了出来，他和伊依惊奇地对视了一眼。

"在我从吞食帝国接收到的地球信息中，有关人类酿造业的资料不多，所以这东西造得不一定准确。"李白说，同时指着酒坛示意伊依尝尝。

伊依拿碗从中舀了一点儿，抿了一口，一股火辣感从嗓子眼儿流到肚子里，他点点头："是酒，但与我们为改善肉质喝的那些相比太烈了。"

"满上。"李白指着书案上的另一只空碗说。待大牙倒满烈酒后，李白端起来"咕咚咚"一饮而尽，然后转身再次向远处走去，不时踉跄两下。到达平面边缘后，他又站在那里对着星海深思。但与上次不同的是，他的身体有节奏地左右摆动，像在和着某首听不见的曲子。这次，李白沉思不久就走回到书案前，回来的一路上近乎在跳舞。面对伊依递过来的笔，他一把抓过扔到远处。

　　"满上。"李白眼睛直勾勾地盯着空碗说。

　　……

　　一小时后，大牙用两只大爪小心翼翼地把烂醉如泥的李白放到已清空的书案上，但他一翻身又骨碌了下来，嘴里嘀咕着恐龙和人都听不懂的语言。他已经红红绿绿地吐了一大摊——真不知是什么时候吃进的这些食物——宽大的古服上也污了一片。那一摊呕吐物被平面发出的白光透过，形成了一幅抽象画。李白的嘴上黑乎乎的，全是墨，这是因为在喝光第四碗后，他曾试图在纸上写什么，但也只是把蘸饱墨的毛笔重重地戳到桌面上，接着，李白就像初学书法的小孩子那样，试图用嘴把笔毛理顺……

　　"尊敬的神？"大牙俯下身来小心翼翼地问。

　　"哇咦卡啊……卡啊咦唉哇。"李白大着舌头说。

　　大牙站起身，摇摇头叹了一口气，对伊依说："我们走吧！"

二　另一条路

伊依所在的饲养场位于吞食者的赤道上。当吞食帝国处于太阳系内层空间时，这里曾是一片夹在两条大河之间的美丽草原。吞食帝国航出木星轨道后，严冬降临了，草原消失，大河封冻，被饲养的人类都转到地下城中。当吞食帝国受到神的召唤而返回后，随着太阳的临近，大地回春，两条大河很快解冻了，草原也开始变绿。

气候好的时候，伊依总是独自住在河边自己搭的一间简陋草棚中，种地过日子。对于一般人来说，这是不被允许的，但由于伊依在饲养场中讲授的古典文学课程有陶冶情操的功能，他的学生的肉有一种很特别的风味，所以恐龙饲养员也就不干涉他了。

这是伊依与李白初次见面两个月后的一个黄昏，太阳刚刚从吞食帝国平直的地平线上落下，两条映着晚霞的大河在天边交汇。在河边的草棚外，微风把远处草原上欢舞的歌声隐隐送来。伊依和自己下着围棋，抬头看到李白和大牙沿着河岸向这里走来。这时的李白已有了很大的变化——他头发蓬乱，胡子老长，脸晒得很黑，左肩挎着一只粗布包，右手提着一个大葫芦，身上那件衣服已破烂不堪，脚上穿着一双磨得不像样子的草鞋。伊依觉得这时的他倒更像一个"人"了。

李白走到围棋桌前，像前几次来时一样，不看伊依一眼就把葫芦重重地往桌上一放，说："碗！"待伊依拿来两只木碗后，李白打开葫芦盖，往两只碗里倒满酒，然后又从布包中拿出一个纸包，打开来，伊依发现里面竟放着切好的熟肉，香味扑鼻，不由得拿起一块嚼了起来。

大牙只是站在两三米外静静地看着他们。有前几次的经验，他知道他们俩又要谈诗了。对这种谈话，他既无兴趣，也没资格参与。

"好吃！"伊依赞许地点点头，"这牛肉也是纯能转化的？"

"不，我早就回归自然了。你可能没听说过，在距这里很遥远的一个牧场，饲养着来自地球的牛群。这牛肉是我亲自做的，用山西平遥牛肉的做法，诀窍是在炖的时候放——"李白凑到伊依耳边神秘地说，"尿碱。"

伊依迷惑不解地看着他。

"哦，就是人类的小便蒸干以后析出的那种白色的东西，能使炖好的肉外观红润，肉质鲜嫩，肥而不腻，瘦而不柴。"

"这尿碱……也不是纯能做出来的？"伊依惊恐地问。

"我说过自己已经回归自然了！尿碱是我费了好大劲从几个人类饲养场收集来的。这是很正宗的民间烹饪技艺，在地球毁灭前就早已失传。"

伊依已经把嘴里的牛肉咽下去了。为了抑制呕吐，他端起了酒碗。

李白指指葫芦说："在我的指导下，吞食帝国已经建起了几个酒厂，能够生产大部分的地球名酒。这是它们酿制的正宗竹叶青，用汾酒浸泡竹叶而成。"

伊依这才发现碗里的酒与前几次李白带来的不同，呈翠绿色，入口后有甜甜的药草味。

"看来，你对人类文化已了如指掌了。"伊依感慨道。

"不仅如此，我还花了大量的时间亲身体验。你知道，吞食帝国很多地区的风景与李白所在的地球极为相似。这两个月来，我徜徉山水之间，饱览美景，月下饮酒，山巅吟诗，还在遍布各地的人类饲养场中有过几次艳遇……"

"那么，现在总能让我看看你的诗作了吧？"

李白呼地放下酒碗，站起身，不安地踱起步来："是作了一些诗，而且肯定是些让你吃惊的诗，你会看到，我已经是一个很出色的诗人了，甚至比你和你的祖爷爷都出色。但我不想让你看，因为我同样肯定你会认为那些诗没有超越李白，而我……"他抬起头，遥望天边落日的余晖，目光中充满了迷离和痛苦，"也这么认为。"

远处的草原上，舞会已经结束，快乐的人们开始享用丰盛的晚餐。一群少女向河边跑来，在岸边的浅水中嬉戏。她们头戴花环，身上披着薄雾一样的轻纱，在暮色中好似一幅醉人的画。伊依指着距草棚较近的一个少女问李白："她美吗？"

"当然。"李白不解地看着伊依说。

"想象一下，用一把利刃把她切开，取出她的每一个脏器，剜出她的眼球，挖出她的大脑，剔出每一根骨头，把肌肉和脂肪按不同部位和功能分割开来，再把所有的血管和神经分别理成两束，最后在这里铺上一大块白布，把这些东西按解剖学原理分门别类地放好，你还觉得美吗？"

"你怎么在喝酒的时候想到这些？恶心！"李白皱起眉头说。

"怎么会恶心呢？这不正是你所崇拜的技术吗？"

"你到底想说什么？"

"李白眼中的大自然就是你现在看到的河边少女；而同样的大自然在技术层面中呢，就是那张白布上井然有序但血淋淋的部件。所以，技术是反诗意的。"

"你好像对我有什么建议？"李白理着胡子，若有所思地说。

"我仍然不认为你有超越李白的可能，但可以尝试为你指出一个正确的方向：技术的迷雾蒙住了你的双眼，使你看不到自然之美，所以，你首先要做的是把那些超级技术全部忘掉。你既然能够把自己的全部记忆移植到你现在的大脑中，当然也可以删除其中的一部分。"

李白抬头和大牙对视了一眼，两者都哈哈大笑起来。大牙对李白说："尊敬的神，我早就告诉过您，虫虫是多么的狡诈，您稍不留心就会跌入它们设下的陷阱。"

"哈哈哈哈，是狡诈，但也有趣。"李白对大牙说，然后转向伊依，冷笑着说，"你真的认为我是来认输的？"

"你没能超越人类诗词艺术的巅峰，这是事实。"

李白突然抬起一只手，指着大河，问："到河边去有几种走法？"

伊依不解地看了李白几秒钟："好像……只有一种。"

"不，有两种。我还可以向这个方向走，"李白指着与河相反的方向说，"这样一直走，绕吞食帝国的大环一周，再从对岸过河，也能走到这个岸边。我甚至还可以绕银河系一周再回来。对于我们的技术来说，这也易如反掌。技术可以超越一切！我现在已经被逼得要走另一条路了！"

伊依努力想了好半天，终于困惑地摇摇头："就算是你有神一般的技术，我还是想不出超越李白的另一条路在哪儿。"

李白站起来说："很简单，超越李白的两条路是：一、把超越他的那些诗写出来；二、把所有的诗都写出来！"

伊依更糊涂了，但站在一旁的大牙似有所悟。

"我要写出所有的五言和七言诗，这是李白所擅长的；另外，我还要写出常见词牌的所有的词！你怎么还不明白？我要在符合这些格律的诗词中，试遍所有汉字的所有组合！"

"啊，伟大！伟大的工程！"大牙忘形地欢呼起来。

"这很难吗？"伊依傻傻地问。

"当然难，难极了！如果用吞食帝国最大的计算机来进行这样的计算，可能到宇宙末日也完成不了！"

"没那么多吧？"伊依充满疑惑地说。

"当然有那么多？"李白得意地点点头，"但使用你们还远未掌握的量子计算技术，就能在可以接受的时间内完成这样的计算。到那时，我就写出了所有的诗词，包括所有以前写过的和所有以后可能写的。特别注意，所有以后可能写的！超越李白的巅峰之作自然包括在内。事实上，我终结了诗词艺术。直到宇宙毁灭，出现的任何一个诗人，不管他达到了怎样的高度，都不过是个抄袭者，他的作品肯定能在我那巨大的存储器中检索出来。"

大牙突然发出一声低沉的惊叫，看着李白的目光由兴奋变为震惊，"巨大的……存储器？尊敬的神，您该不是说，要把量子计算机写出的诗都……都存起来吧？"

"写出来就删除有什么意思呢？当然要存起来！这将是我的种族留在这个宇宙中的艺术丰碑之一！"

大牙的目光由震惊变为恐惧，他粗大的双爪前伸，两腿打弯，像要给李白跪下，声音也像要哭出来似的："使不得，尊敬的神，这使不得啊！"

"是什么把你吓成这样？"伊依抬起头，惊奇地看着大牙问。

"你个白痴!你不是知道原子弹是原子做的吗?那存储器也是原子做的,它的存储精度最高只能达到原子级别!知道什么是原子级别的存储吗?就是说一个针尖大小的地方,就能存下人类所有的书!不是你们现在那点儿书,是地球被吃掉前上面所有的书!"

"啊,这好像是有可能的,听说一杯水中的原子数比地球上海洋中水的杯数都多。这么说,他写完那些诗后带根针走就行了。"伊依指指李白说。

大牙恼怒已极,来回急走几步,总算挤出了一点儿耐性:"好,好,你说,按神说的那些五言七言诗,还有那些常见的词牌,各写一首,总共有多少字?"

"不多,也就两三千字吧,古典诗词是最精练的艺术。"

"那好,我就让你这个白痴虫虫看看它有多么精练!"大牙说着走到桌前,用爪指着上面的棋盘说,"你们管这种无聊的游戏叫什么?哦,围棋,这上面有多少个交叉点?"

"纵横各 19 行,共 361 个点。"

"很好,每个点上可以放黑子、白子或空着,共三种状态,这样,每一个棋局,就可以看作由三个汉字写成的一首 19 行的、361 个字的诗。"

"这比喻很妙。"

"那么,穷尽这三个汉字在这种诗上的所有组合,总共能写出多少首诗呢？让我告诉你：3 的 361 次方首，或者说，嗯，我想想，10 的 172 次方首！"

"这……很多吗？"

"白痴！"大牙第三次骂出这个词，"宇宙中的全部原子只有……啊——"他气恼得说不下去了。

"有多少？"伊依仍是那副傻样。

"只有 10 的 80 次方个！你个白痴虫虫啊——"

直到这时，伊依才表现出了一点儿惊奇："你是说，如果一个原子存储一首诗，用光宇宙中的所有原子，还存不完他的量子计算机写出的那些诗？"

"差得远呢！差 10 的 92 次方倍呢！再说，一个原子哪能存下一首诗？人类虫虫的存储器，存一首诗用的原子数可能比你们的人口都多。至于我们，用单个原子存储一位二进制还仅处于实验室阶段……唉！"

"使者，在这一点上是你目光短浅了。想象力不足，正是吞食帝国技术进步缓慢的原因之一。"李白笑着说，"使用基于量子多态迭加原理的量子存储器，用很少量的物质就可以存下那些诗。当然，量子存储不太稳定，为了永久保存那些诗作，还需要与更传统的存储技术结合使用。即使这样，制造存储器需要的物质量也是很少的。"

"是多少？"大牙问，看那样子，心显然已提到了嗓子眼儿。

"大约为 10 的 57 次方个原子。微不足道，微不足道。"

"这……这正好是整个太阳系的物质量！"

"是的，包括所有的太阳行星，当然也包括吞食帝国。"

李白最后这句话是轻描淡写地随口而出的，但在伊依听来却像晴天霹雳，不过，大牙反倒显得平静下来。长时间受到灾难预感的折磨后，灾难真正来临时，他反而心生一种解脱感。

"您不是能把纯能转换成物质吗？"大牙问。

"得到如此巨量的物质需要多少能量你不会不清楚，这对我们也是不可想象的，还是用现成的吧！"

"这么说，皇帝的忧虑不无道理。"大牙自语道。

"是的是的。"李白欢快地说，"我前天已向吞食皇帝说明，这个伟大的环形帝国将被用于一个更伟大的目的，所有的恐龙应该为此感到自豪。"

"尊敬的神，您会看到吞食帝国的感受的。"大牙阴沉地说，"还有一个问题：与太阳相比，吞食帝国的质量实在是微不足道；为了得到这九牛之一毛的物质，有必要毁灭一个进化了几千万年的文明吗？"

"你的这个疑问我完全理解。但要知道，熄灭、冷却和拆解太阳是需要很长时间的，在这之前，对诗的量子计算就已经开始了，我们需要及时地把结果存起来，清空量子计算机的内存以继续计算。这样，可以立即用于制造存储器的行星和吞食帝国的物质就是必不可少的了。"

"明白了，尊敬的神。最后一个问题：有必要把所有的组合结果都存起来吗？为什么不能在输出端加一个判断程序，把那些不值得存储的诗作剔除掉？据我所知，中国古诗是要遵从严格的格律的。如果把不符合格律的诗去掉，那最后的总量将大为减少。"

"格律？哼，"李白不屑地摇摇头，"那不过是对灵感的束缚。中国南北朝以前的古体诗并不受格律的限制，即使是在唐代以后严格的近体诗中，也有许多古典诗词大师不遵从格律，写出了大量卓越的变体诗。所以，在这次终极吟诗中，我将不考虑格律。"

"那您总该考虑诗的内容吧？最后的计算结果中，肯定有百分之九十九的诗是毫无意义的，存下这些随机的汉字矩阵有什么用？"

"意义？"李白耸耸肩说，"使者，诗的意义并不取决于你的认可，也不取决于我或其他任何人——它取决于时间。许多在当时毫无意义的诗后来成了旷世杰作，而现今和以后的许多杰作在遥远的过去肯定也曾是毫无意义的。我要作出所有的诗，亿亿亿万年之后，谁知道伟大的时间会把其中的哪首选为巅峰之作呢？"

"这简直荒唐！"大牙大叫起来，他那粗嘎的嗓音惊起了远处草丛中的几只鸟，"如果按现有的人类虫虫的汉字字库，您的量子计算机写出的第一首诗应该是这样的：

啊啊啊啊啊，啊啊啊啊啊。啊啊啊啊啊，啊啊啊啊唉。

"请问，伟大的时间会把这首选为杰作吗？"

一直不说话的伊依这时欢叫起来："哇！还用什么伟大的时间来选？它现在就是一首巅峰之作耶！前三行和第四行的前四个字都是表达生命对宏伟宇宙的惊叹；最后一个字是诗眼，是诗人在领略了宇宙之浩渺后，对生命在无限时空中的渺小发出的一声无奈的叹息。"

"呵呵呵呵呵。"李白抚着胡须，乐得合不上嘴，"好诗，伊依虫虫，真的是好诗。呵呵呵……"说着，拿起葫芦给伊依倒酒。

大牙挥起巨爪，一巴掌把伊依打得老远："混账虫虫！我知道你现在高兴了，可不要忘记，吞食帝国一旦毁灭，你们也活不了！"

伊依一直滚到河边，好半天才爬起来。他满脸沙土，咧大了嘴，不顾疼痛地大笑起来："哈哈哈，有趣，这个宇宙真不可思议！"他忘形地喊道。

"使者，还有问题吗？"看到大牙摇头，李白接着说，"那么，我明天就要离开。后天，量子计算机将启动作诗软件，终极吟诗将开始，同时，熄灭太阳，拆解行星和吞食帝国的工程也将启动。"

"尊敬的神，吞食帝国在今天夜里就能做好战斗准备！"大牙立正后庄严地说。

"好好，真是很好，往后的日子会很有趣的。但这一切发生之前，还是让我们喝完这一壶吧！"李白快乐地点点头说，同时拿起了酒葫芦。倒完酒，他看着已笼罩在夜幕中的大河，意犹未尽地回味着，"真是一首好诗。第一首，呵呵，第一首就是好诗。"

三 终极吟诗

吟诗软件其实十分简单，用人类的 C 语言表达可能不超过两千行代码，另外再加一个存储所有汉字字符的不大的数据库。当这个软件在位于海王星轨道上的那台量子计算机（一个飘浮在太空中的巨大透明锥体）上启动时，终极吟诗就开始了。

这时，吞食帝国才知道，李白只是超级文明种族中的一个个体。这与以前预想的不同，当时恐龙们都认为，进化到这样技术级别的社会在意识上早就融为一个整体了，吞食帝国在过去一千万年中遇到的五个超级文明都是这种形态。但李白一族保持了个体的存在，这也部分解释了他们对艺术超常的理解力。当吟诗开始时，李白一族又有大量的个体从外太空的各个方位跃迁到太阳系，开始了制造存储器的工程。

吞食帝国上的人类看不到太空中的量子计算机，也看不到新来的神族。在他们看来，终极吟诗的过程，就是太空中太阳数目的增减过程。

在吟诗软件启动一个星期后，神族成功地熄灭了太阳。这时，太空中太阳的数目减到零，太阳内部核聚变的停止使恒星的外壳失去了支撑，很快坍缩成一颗超新星，于是，暗夜很快又被照亮，只是这颗太阳的亮度是以前的上百倍，使吞食帝国表面草木生烟。超新星又被熄灭了，但过一段时间后又爆发了，就这样亮了又灭，灭了又亮，仿佛太阳是一只九条命的猫，在没完没了地挣扎。但神族对于杀死恒星其实很熟练，他们从容不迫地一次次熄灭超新星，使它的物质最大比例地聚变为制造存储器所需的重元素。当第十一次超新星熄灭后，太阳才真正咽了气。这时，终极吟诗已经开始了三个地球月。早在此之前，在第三次超新星出现时，太空中就有其他的太阳出现了，这些太阳在太空中的不同位置此起彼伏地亮起或熄灭，最多时，天空中出现过九个新太阳。这些太阳是神族在拆解行星时释放的能量，由于后来恒星太阳的闪烁已变得暗弱，人们就分不清这些太阳的真假了。

对吞食帝国的拆解是在吟诗开始后第五个星期进行的。在这之前，李白曾向帝国提出了一个建议：由神族将所有恐龙跃迁到银河系另一端的一个世界。那里有一个文明，比神族落后许多，仍未纯能化，但比吞食文明要先进得多。恐龙们到那里后，将作为一种小家禽被饲养，过上衣食无忧的快乐生活。但恐龙们宁为玉碎不为瓦全，愤怒地拒绝了这个提议。

李白接着提出了另一个要求：让人类活下来，并返回他们的母亲星球。其实，地球也被拆解了，它的大部分用于制造存储器，但神族还是剩下了其中的一小部分物质为人类建造了一个空心地球。空心地球的大小与原地球差不多，但其质量仅为后者的百分之一。说地球被掏空了是不确切的，因为原地球表面那层脆弱的岩石根本不可能用来做球壳。球壳的材料可能取自地核，另外球壳上像经纬线般交错的、虽然很细但强度极高的加固圈，是用太阳坍缩时产生的简并态中子物质制造的。

令人感动的是，吞食帝国不但立即答应了李白的要求，允许所有人类离开大环世界，还把从地球掠夺来的海水和空气全部还给了人类，神族借此在空心地球内部恢复了原地球的大陆、海洋和大气层。

接着，惨烈的大环保卫战开始了。吞食帝国向太空中的神族目标发射大批核弹和伽马射线激光，但这些对敌人毫无作用。在神族发射的一个无形的强大力场推动下，吞食者所在大环越转越快，最后在超速自转产生的离心力下解体了。这时，伊依正在飞向空心地球的途中。他从一千二百万千米之外目睹了吞食帝国毁灭的全过程：

大环解体的过程很慢，如同梦幻。在漆黑的太空背景上，这个巨大的世界如同一团浮在咖啡上的奶沫一样散开。边缘的碎块渐渐隐没于黑暗之中，仿佛被太空溶解了，只有不时出现的爆炸的闪光才使它们重新现形。

这个充满阳刚之气的伟大文明就这样被毁灭了，伊依悲伤万分。只有一小部分恐龙活了下来，与人类一起回归地球，其中包括使者大牙。

在返回地球的途中，人类普遍很沮丧，但原因与伊依不同——回到地球后是要开荒种地才有饭吃的，这对于已在长期被饲养的生活中变得四肢不勤、五谷不分的人类来说，简直像一场噩梦。

但伊依对地球世界的前途满怀信心，不管前面有多少磨难，人将重新成为人。

四 诗云

吟诗航行的游艇到达了南极海岸。

这里的重力很小，海浪的运行十分缓慢，像是一种描述梦幻的舞蹈。在低重力下，拍岸浪把水花送上十几米高处，飞上半空的海水由于受到表面张力的影响而形成无数水球，大的像足球，小的如雨滴。这些水球下落缓慢，慢到可以用手在它们周围画圈。它们折射着小太阳的光芒，使上岸后的伊依、李白和大牙置身于一片晶莹灿烂之中。低重力下的雪也很奇特，呈蓬松的泡沫状，浅处齐腰深，深处能把大牙整个淹没。但在被淹没后，他们竟能在雪沫中正常呼吸！整个南极大陆就覆盖在这雪沫之下，起伏不平，一片雪白。

伊依一行乘一辆雪地车前往南极点。雪地车像是一艘掠过雪沫表面的快艇，在两侧激起片片雪浪。

第二天，他们到达了南极点。极点的标识是一座高大的水晶金字塔，这是为纪念两个世纪前的地球保卫战而建造的纪念碑，上面没有任何文字和图形，只有晶莹的碑体在地球顶端的雪沫之上默默地折射着阳光。

从这里看去，整个地球世界尽收眼底。光芒四射的小太阳周围，围绕着大陆和海洋，使它看上去仿佛是从北冰洋中浮出来似的。

"这个小太阳真的能够永远亮着吗？"伊依问李白。

"至少能亮到新的地球文明进化到能制造新太阳之时。它是一个微型白洞。"

"白洞？是黑洞的反演吗？"大牙问。

"是的，它通过空间虫洞与二百万光年外的一个黑洞相连。那个黑洞围绕着一颗恒星运行，它吸入的恒星的光从这里被释放出来，可以把它看作一根超时空光纤的出口。"

纪念碑的塔尖是拉格朗日轴线的南起点，这条连接空心地球南北两极的轴线，因战前地月之间的零重力拉格朗日点而得名，是一条长达一万三千千米的零重力轴线。以后，人类肯定要在拉格朗日轴线上发射各种卫星。比起战前的地球来，这种发射易如反掌——只需把卫星运到南极点或北极点——愿意的话，用驴车运都行——然后，用脚把它朝空中踹出去就行了。

就在他们观看纪念碑时，又有一辆较大的雪地车载来了一群年轻的旅行者。这些人下车后双腿一弹，径直跃向空中，沿拉格朗日轴线高高飞去，把自己变成了卫星。从这里看去，有许多小黑点在空中标出了轴线的位置，那都是在零重力轴线上飘浮的游客和各种车辆。本来从这里可以直接飞到北极，但小太阳位于拉格朗日轴线中部，最初有些沿轴线飞行的游客因随身携带的小型喷气推进器坏了，无法减速，只能朝太阳飞去。不过，在距小太阳很远的路途中，他们就被蒸发了。

在空心地球，进入太空也是一件很容易的事，只需要跳进赤道上的五口深井（名叫地门）中的一口，向下坠落一百千米，穿过地壳，就被空心地球自转的离心力抛进太空了。

现在，伊依一行为了看诗云也要穿过地壳，但他们走的是南极的地门，在这里，地球自转的离心力为零，所以不会被抛入太空，只能到达空心地球的外表面。他们在南极地门控制站穿好轻便太空服后，就进入了那条长达一百千米的深井，由于没有重力，叫它隧道更合适一些。在失重状态下，他们借助太空服上的喷气推进器前进——这比在赤道的地门中坠落要慢得多，用了半个小时才来到外表面。

空心地球外表面十分荒凉，只有纵横的中子材料加固圈。这些加固圈把地球外表面按经纬线划分成许多个方格，南极点正是所有经线加固圈的交点。当伊依一行走出地门后，发现自己身处一个面积不大的高原上，地球加固圈像一道道漫长的山脉，以高原为中心呈放射状朝各个方向延伸。

抬头，他们看到了诗云。

诗云处于已消失的太阳系所在的位置，是一片直径为一百个天文单位的旋涡状星云，形状很像银河系。空心地球处于诗云边缘，与原来太阳在银河系中的位置也很相似。不同的是，地球的轨道与诗云不在同一平面，这就使得从地球上可以看到诗云的侧面，而不是像银河系那样只能看到截面。但地球与诗云平面的距离还远不足以使这里的人们观察到诗云的完整形状——事实上，南半球的整个天空都被诗云所覆盖。

诗云发出银色的光芒，能在地上投下人影。据说，诗云本身是不发光的，这银光是宇宙射线激发出来的。由于宇宙射线密度不均，诗云中常涌动着大团的光晕，那些色彩各异的光晕滚过长空，好像是潜行在诗云中的发光巨鲸。偶尔，宇宙射线的强度急剧增加，会在诗云中激发出粼粼的光斑。这时的诗云已完全不像云了，整个天空仿佛是在月夜从水下看到的海面。地球与诗云的运行并不是同步的，所以有时地球会处于旋臂间的空隙上，这时，透过空隙可以看到夜空和星星。最为激动人心的是，在旋臂的边缘还可以看到诗云的断面形状，它很像地球大气中的积雨云，变幻出各种宏伟的让人浮想联翩的形体。这些巨大的形体高高地升出诗云的旋转平面，发出幽幽的银光，仿佛是一个超级意识里没完没了的梦境。

伊依把目光从诗云收回，从地上拾起一块晶片。这种晶片散布在他们周围的地面上，像严冬的碎冰般闪闪发亮。伊依举起晶片，对着诗云密布的天空。晶片很薄，有半个手掌大小，正面看完全透明，但把它稍斜一下，就会看到诗云的亮光在它表面映出的霓彩光晕。这就是量子存储器，人类历史上创造的全部文字信息，也只能占一块晶片存储量的几亿分之一。诗云就是由 10^{40} 片这样的存储器组成的，它们存储了终极吟诗的全部结果。这片诗云，是用原来构成太阳和它的几大行星的全部物质所制造，当然也包括吞食帝国。

"真是伟大的艺术品！"大牙由衷地赞叹道。

"是的，它的美在于其内涵——一片直径一百亿千米、包含着全部可能的诗词的星云——这太伟大了！"伊依仰望着星云激动地说，"我也开始崇拜技术了。"

一直情绪低落的李白长叹一声："唉，看来我们都在走向对方。我看到了技术在艺术上的极限，我……"他抽泣起来，"我是个失败者，呜呜……"

"你怎么能这样讲呢？"伊依指着上空的诗云说，"这里面包含了所有可能的诗，当然也包括那些超越李白的诗！"

"可我却得不到它们！"李白一跺脚，飞起了几米高，又在地壳那十分微小的重力下缓缓下落，"在终极吟诗开始时，我就着手编制诗词识别软件，但技术在艺术中再次遇到了不可逾越的障碍。现在，具备古诗鉴赏力的软件还没能编制出来。"他在半空中指指诗云，"不错，借助伟大的技术，我写出了诗词的巅峰之作，却不可能把它们从诗云中检索出来，唉……"

"智慧生命的精华和本质，真的是技术所无法触及的吗？"大牙仰头对着诗云大声问道。经历过这一切，他变得越来越哲学了。

"既然诗云中包含了所有可能的诗，那其中自然有一部分诗，是描写我们全部的过去和所有可能与不可能的未来的。伊依虫虫肯定能找到一首诗，描述他在三十年前的一天晚上剪指甲时的感受，或十二年后的一顿午餐的菜谱；大牙使者也可以找到一首诗，描述他的腿上的一块鳞片在五年后的颜色……"说着，已重新落回地面的李白拿出了两块晶片，它们在诗云的照耀下闪闪发光，"这是我临走前送给二位的礼物——量子计算机以你们的名字为关键词，从诗云中检索出了几亿亿首与二位有关的诗。这些诗描述了你们在未来的各种可能的生活，现在它们都在这里了，当然，在诗云中，这也只占描写你们的诗作的极小一部分。我只看过其中的几十首，最喜欢的是关于伊依虫虫的一首七律，描写他与一位美丽的村姑在江边相爱的情景……我走后，希望人类和剩下的恐龙好好相处，人类之间更要好好相处。要是空心地球的球壳被核弹炸出个洞，可就麻烦了……"

"我和那位村姑后来怎样了？"伊依好奇地问。

在诗云的银光下，李白嘻嘻一笑："你们幸福地生活在一起。"

六道众生 / 何夕

平行世界正在进行时

引子

厨房闹鬼的说法是由何夕传出来的。

何夕当时才不过七八岁的样子，他们全家都住在檀木街十号的一幢老式房子里。那天夜里，他懵懵懂懂地溜到厨房里想找点儿吃的东西，而就在这个时候，他看见了鬼。准确地说是一个飘在半空中的忽隐忽现的人形影子，两腿一抬一抬地朝着天花板的角上走去，就像是在上楼梯。何夕当时简直不明白发生什么事情了，他的第一反应并不是害怕，而是认为自己在做梦。等他用力咬了咬舌头并很真切地感到了疼痛时，那个影子已经如同穿越了墙壁般消失不见了，何夕这才如梦初醒般地发出了惨叫。

家人们开始并不相信何夕的说法，他们认为这个孩子准是在搞什么恶作剧。但后来何夕不断地重复看到的类似场景，就是那种看不清面目的人形影子，仿佛厨房里真有一架看不见的楼梯，而那些影子就在那里晃动着，两腿一抬一抬地走，有时朝上，有时朝下，有时，甚至会有不止一个影子悄无声息地出现在那并不存在的楼梯上。它们盘桓逗留的时间一般都不长，和人们通常在楼梯上停留的时间差不多。人们怜悯地看着这个可怜的孩子越来越深地陷入恐惧之中。他整天都用那种惊恐的眼神四处观望，就像是随时都准备着应付突如其来的灾难。尽管别的人从来就看不到何夕描述的怪事，但这样的日子使得每个人都感到难受。于是两个月后何夕全家就搬走了，他们一路走一路冒着被罚款的巨大危险燃放古老的鞭炮。

几年之后，何夕已经是十四岁的少年，他觉得自己长大了。有一天傍晚，他出于某种无法说清的原因，又回到檀木街十号，来到他以前的家。但是他只驻足了几分钟便逃也似的离去了——

何夕看到在厨房上方的虚空里有一些影子正顺着一个不存在的楼梯上上下下。

一

很普通的一天，很凉爽的天气，在这个季节里是常有的事。大约在凌晨三点钟的时候，何夕就再也睡不着了。他走到窗前拉开窗帘，一股清新的空气透了进来。但是何夕的感觉并不像天气这么好，他感到隐隐的头痛，太阳穴一跳一跳的，就像是有人用绳子在拉扯它。

他想起了昨晚的梦境，那具奇怪的隐形楼梯，以及那些两腿一抬一抬地走动的影子。多少年了——也许有20年了吧，那个梦，还有梦里的影子都时常陪伴着他。他不管用了什么方法——比方说拼命大叫或者是用力打自己耳光——都不能从梦魇中挣脱出来。他只好充满恐惧地一遍又一遍地重复观赏影子们奇异的步态，并且很真切地感受自己咚咚的心跳声。

但是昨天的梦有点不同，何夕还看到了别的东西。当然，这肯定来自他当年所见，虽然由于极度的害怕加之当初只是一瞥而过，以至于这么多年来他都没能想起这样东西，只是到了昨夜的梦里他才又重新见到了这样东西，如同催眠能唤醒人们失去的记忆一样。

当他在梦里重见到它的时候简直要大叫起来，他立刻想到这个被他遗忘了的东西可能正是整个事件里唯一的线索。那是一个徽记，就像是T恤衫上的标识一样，印在曾经出现过的某个影子身上。徽记是一行黑色的具有书法韵味的汉字：枫叶刀市。这无疑是一个地名，但是何夕想不起有什么地方叫这个名字。

何夕打开电脑，用几分钟的时间对所有华语地区进行了地名检索。在做着这一切的时候，何夕按捺不住地感到紧张。多年来由于那件事，在家人眼里何夕已不是一个很健康的人，尽管他们并没有因此而嫌弃他。何夕一直都认为自己是正常的，但他也不明白为什么只有自己才看得到那些影子。出于可以理解的原因，家人都非常小心地保守着这个秘密，但还是有一些传言从一个街区飘到另一个街区。

当何夕走在大街上的时候，他会很真切地感到有一些手指在自己的背脊上爬来爬去。每当这种时候，何夕的心里就会升起莫名的伤悲，他甚至会猛地回过头去大声喊道："它们就在那儿，只是你们看不见。"一般来说，他的这个举动要么换回一片沉静，要么换回一片嘲笑。

当然，还有琴，那个眼睛很大、额前梳着宽宽刘海儿的姑娘。想到这个名字的时候，何夕的心里就滚过一阵绞痛。她离开了，何夕想，她说她并不在乎他的那些奇怪的想象，但却无法漠视旁人的那种目光，她是这么说的吧……那天的天气好极了，秋天的树叶漫天飘洒，真是一个适合离别的日子。一片黄叶粘在了琴穿的紫色毛衣上，看上去就像是特意别上的一件装饰品。她转身离去的背影美极了，令何夕终生难忘。

检索结束了，但是结果令人失望，电脑显示这个地名是不存在的。不仅没有什么"枫叶刀市"，就连与它名称相似的城市也是不存在的。

何夕点燃一支烟，然后非常急促地把它吸完。他不明白发生什么事情了，那个城市应该存在，他明明看到了它的名字。它肯定就在世界的某个地方，是海市蜃楼，或是别的什么很普通的原因，使何夕看到了在这座城市里生活的人。一定是的，何夕有些发狠地想：我是正常的，和别人一样正常，我会证明给所有人看。但是，那座城市究竟在什么地方呢？那座枫叶刀市。

二

　　天亮之后，何夕没有去上班，他开始在电脑上写一封信，大意是向每一位收到这封信的人询问关于枫叶刀市的线索，同时希望他们能够把这封信发给另外一些他们认识的人，同时何夕还在多处电子公告牌上发出了询问信息。做完这些事情之后，何夕有种如释重负的感觉，他坚信自己能够达到目的。

　　何夕曾经设想过发出那封信会招致的各种后果，但他从没有想到那封信竟然会招来警察。发出信后的第二天下午，有20名武装到牙齿的警察冲进了何夕的办公室，以涉嫌危害公共安全的罪名带走了他。当何夕眼前蒙着的黑布被除去的时候，他发现自己处在一个完全陌生的环境之中。这是一间很大的屋子，装饰相当豪华，同时也相当有品位。何夕正想仔细探究一番，门突然开了。

　　来人是一位四十出头的男子，衣着样式考究，做工精良，目光中显露出非凡气度，整个人都给人一种高高在上的感觉。"下午好，何夕先生。"来人彬彬有礼地点点头，"我是郝南村博士。是我请你来的。"

"你找我有事？"何夕小心地问。

"是为你发布的消息。我在互联网上的公告牌里看到了那则消息。"郝南村眯缝着的双眼像两把锋利的刀，"你在找一座城市。"

何夕来了精神，他甚至忘了自己当前的处境："难道你有那个地方的线索？"

"你还是先说说你为什么会想到去找这个地方？"

对真相的渴望压倒了一切，何夕把整件事情的前因后果交代了一个明白。说到兴头上的时候，就连那个离他而去的姑娘也被他抖落了出来，何夕实在是太想知道这一切都是为什么了。

"从小时候……"郝南村喃喃地说，"只有你能看到那些影像？"

"那些影像从来就没有消失过，它们一直在那儿，只不过别人看不到而已。"何夕说着话有些出神，"我觉得它们仿佛就生活在那里，那座叫枫叶刀的城市。"

"是吗？"郝南村笑了笑，"可是并没有那样一座城市。"

何夕没想到对方会这样说："这不是真话，一定有那么一个地方。"

"这只是你的想法。"郝南村摇摇头，"世界上并不存在那样一座城市，不信的话，你可以去周游世界来求证。你的古怪念头是出于幻觉。忘了告诉你，这里是一所医院，负责治疗有精神障碍的病人。不过，我们愿意为你支付治疗费用。"

"你的意思是……"何夕倒吸一口凉气，"我是个病人？"

"而且病情相当严重。"郝南村点头，"你需要立刻治疗。我们已经通知了你的家人，他们听说有人愿意出钱给你治疗都很高兴，并且他们也认为这是很有必要的。喏，"郝南村抖动着手上的纸页，"这是你家人的签字。"郝南村摁下了桌上的按钮，几秒钟后便进来了四名体形彪悍的身着白大褂的男人。

"带他到第三病区。他属于重症病人。"郝南村指着何夕说。

何夕看着这一切，他简直不知道发生什么事情了。自己转眼间成为一名精神病人，他感觉像是在做梦。直到那四个男人过来抓住他的胳膊朝外面走去时，他才如梦初醒般地大叫道："我没有病，我真的能看到那些影子，它们在上楼梯。它们就住在那里，住在枫叶刀市。我没有病。"

但是何夕越是这样说，那四个男人的手就抓得越紧。走廊上有另外几名医生探头看着这一幕，一副见惯不惊的模样。郝南村笑着耸耸肩，做了一个表示无奈的动作，然后他回身进屋关上了门。几乎与此同时，他脸上的笑容立刻便消失了，代之以阴鸷的神色。

三

牧野静出门的时候显得很慌张，她几乎是一路小跑着冲到地下停车场的。进到车子里后，她立即拨通了可视电话，屏幕上欧文局长的脸色相当紧张。

"第三十六街区一百四十八号，华吉士议员府邸。知道了。"牧野静大声重复着欧文的话，"我立刻赶过去。还有别的人吗？"

"这件案子暂时由你一个人负责。"欧文强调一句，"根据初步情况判断，这件案子可能与'自由天堂'有关。"

牧野静悚然一惊。自由天堂，新近崛起的神秘组织。与别的一些组织不同，这个组织简直就像是警方的盟友，因为它只干一件事情，那就是铲除别的恐怖组织。在不到一年的时间里，它接连不断地捣毁了不下 10 个警方一直束手无策的组织，但是谁也不知道它用的什么办法。总之，在这一年里，警方的日子真是好过得很，每天都有好消息传来。但是这样的情形没有持续下去，警方很快发现这个神秘组织的势力越来越大，那些被捣毁的组织实际上是被它吞并了，而它后来的几次行动更是让警方意识到真正可怕的对手要出现了。

应该说这些都只是警方的猜测，因为没有任何证据能够证明这个组织与近来发生的几起恐怖事件有关。人们只是发觉，凡是与自由天堂作对的人或组织最终都莫名其妙地遭到打击：两个月前的一个雨夜，主张对所有非法组织采取更加强硬态度的刘汉威议员突然死于家中；一个月前，与刘汉威持相同观点的另一位议员也暴毙街头；现在轮到了华吉士议员。

"那我原先负责的那些案子怎么办？"牧野静问道，"尤其是我最关心的那件。"

欧文皱了下眉："你是说撒哈拉沙漠发生雪崩的谣传？"

牧野静忍不住插言道："我不认为那是谣传。我相信那些当地人的说法，他们不像是在编故事。我已经花了几个月的时间来调查这件事情了，可不想现在就半途而废。"

欧文淡淡一笑："还有比热带沙漠雪崩更离奇的故事吗？"

"可我当初去过现场。我亲眼看到在沙漠里有大面积的水渍，而且当时那里冷得让人打哆嗦，这肯定是冰雪融化造成的。"牧野静几乎是在喊了，"雪崩还压死了两个当地人。"

欧文皱眉道："我不想同你争。这样吧，你自己选择，要么负责调查眼下这件事情，要么继续调查神奇雪崩。"

牧野静懂事地闭上嘴，露出无奈的表情。过了一会儿，她点点头说："那好吧，调查雪崩的事情以后就算是我的业余爱好。我现在就去三十六街区。"

三十六街区是一片环境优美的居住区，有不少成功人士都住在这里。整个街区都笼罩在翠绿的树影里，显得幽静而舒适。

"请让我进去。"牧野静一边举起自己的证件，一边往里挤。

这时，一名体形彪悍的警察走过来非常负责地查看她的证件，他有些迟疑地看着牧野静的脸说："好吧，你可以进来。不过里面可能有危险。"

"什么危险？"牧野静问道。

"我们接到华吉士议员家人报警，称华吉士议员被劫持了，我们立即赶过来。现在我们正在想办法和对方谈判。"

"是什么人干的？"

"不知道。"警员指着不远处的一扇门说，"那是卫生间。华吉士议员就在里面。我们已经封锁了所有出口。"

牧野静朝门的方向走去。有几名警员正用枪指着门，大声地朝里面喊话。从门缝里可以看到灯光的闪动，说明里面还有动静。同时，还可以听到一些沉闷的声响不时从门里传出来，像是有人在挣扎。

"你们已经被包围了。"有一名身材高大的警员一遍接一遍地喊道，"立即放下武器出来投降！"

这时，从门里传来一阵很大的响动，之后便再没有了丝毫动静。牧野静心里暗暗叫了一声糟糕。几乎与此同时，警员们立刻开始了行动。他们开枪打掉锁，冲了进去，却立刻僵立在了现场。

牧野静紧跟上前，她立即明白警员们何以会呆若木鸡了。因为里面居然只有华吉士议员一个人。窗户紧闭着，其实就算窗户打开也不可能有人能够从那里逃逸，因为窗户上钉着钢条。华吉士议员脸朝上地倒在血泊中，身上穿着睡衣，一柄样式古怪的小刀贯穿了他的右胸。牧野静冷冷地看了眼华吉士议员的伤势，然后摇了摇头。很显然，他的伤已经不用治了。这时，华吉士议员的嘴唇突然翕动了一下，牧野静急忙将头埋下去，想听清楚他最后的遗言。

"那个男人……朝那儿走了……"华吉士一边说，一边将目光扫过卫生间，牧野静想知道那个人离去时的路线。这时，华吉士的目光斜向了卫生间的上方，最后停在了天花板左上角。华吉士的目光渐渐迷离，"他两腿一抬一抬地……走上去了。"

"然后呢？"牧野静大声问道，她感到自己正在止不住地流汗。

"然后……"华吉士议员的嘴里冒出了带血的浮沫，"然后……不见了。"他的头猛地一低，声音戛然而止。

四

"2074，来拿药。"胖乎乎的格林小姐扯着大嗓门叫道，正推着一辆装满药品的小车。躺在床上的男人立时条件反射地弹起，伸出瘦得像鸡爪一样的手接过格林小姐手中的小袋。

格林满意地点点头，在她的印象里 2074 进步得还算比较快，刚来时他不仅拒绝吃药，并且和每一位医务人员都像是仇人一样。第一次给他喂药还是凭着几个壮汉才成功的。

　　"把药吃了。"格林柔声道。其实，格林也并不清楚 2074 到底吃的是些什么药，感觉都是些没有见过的奇怪的小丸子。

　　2074 把药倒进嘴里，然后接过格林手上的水杯。他吞下药丸之后以一种讨好的表情指着自己的腹部对格林小姐露出笑脸。"吃了。"他说，"都在这里了。"

　　格林小姐心里滚过一阵柔柔的感情，相比之下，2074 算是那种比较好侍候的病人，用非专业的话来说他是一个"文"疯子。一般说来，像这种病人都是住在集体病房的，但 2074 却一直一个人住，并且被严格禁止与别的病人交谈。

　　"乖。"格林很少有地拍拍 2074 的手说，"吃了就好。"

　　2074 受了表扬之后有些脸红，露出几分害羞的神色，憨憨地低下了头，一缕口涎顺着他的嘴角流到了被子上，与原先的那些污迹混在了一起。他对口涎拉出的亮线显然有了兴趣，伸手揽住那道悬在空中的黏液，一牵一牵地把玩着，两眼笑得发痴。

　　格林小姐看到 2074 一边玩一边在念叨着什么，她细心地听了几秒钟，那好像是一个词。

　　"楼梯……那儿有个楼梯……"

　　格林小姐叹口气，楼梯，又是楼梯，从 2074 入院开始，他就

不停地在告诉每个人有一个楼梯。格林小姐撑起身，推着小车正
准备出门到下一个房间去。这时，突然有一个男人拿着一页纸冲
了进来，他一边走一边大声地喊："何夕，谁是何夕？"

格林拦住来人，"马瑞大夫，你找谁？"

来人没有回答，他的目光在四下里搜索着，然后像是有大发
现般地叫道："2074，对啦，就是你。"他冲到床前，对着那个正
在玩口水的男人说，"恭喜阁下，你的病全好了，可以出院啦！来，
签个字吧！"

何夕一脸茫然地看着这个突然闯入的男人，有些害怕地往格
林小姐身后躲去。"吃了。"他露出讨好的笑容，指着腹部说，"我
吃过药了。"

马瑞不耐烦地把一支笔往何夕手里塞去。"你已经痊愈了，该
出院了。"他厌恶地皱了下眉，"我就知道免费治疗只会养出你们
这些懒东西，好吃好喝又有人侍候，这一年多可真是过得好日子
呢！别装蒜了，检验报告可是最公正的。"

何夕不知所措地看着手里的笔和面前这个嗓门粗大的男人，
像是急得要哭。过一会儿，他突然掉转笔尖，朝嘴里塞去。

"这不是药。"格林小姐急忙制止了何夕，她转头对着马瑞说，
"你是不是弄错了，虽然我只是一个护士，但我一直负责看护这个
病人。我能够确信他还不到出院的时候。"

"那我可不管。"马瑞摆出公事公办的样子，"反正上面安排这

个病人出院。如果是病人自己出钱的话，他愿住多久就住多久，不过这可是免费治疗。现在上边让他出院，以后也不会给他拨钱了，你叫我怎么办？"

"可是他的病真的没好。"格林看着何夕，"他这个样子出去只能是一个废物。"

"这不是我管得了的。给他收拾一下吧，病人的家属还等在外边呢！以后自然由他们来管他，可没咱们什么事。"

格林小姐不再有话，马瑞说得对，这不是她管得了的事情。格林将何夕的手放到马瑞的手里说："你跟着他去。"

何夕害怕得想要挣脱马瑞的手，但是格林小姐用严厉的目光制止了他。片刻之后，这间狭小的病房里便只剩下了格林小姐一个人。她低头整理着床褥，但是却静不下心来。走了，那个病人。格林有些神思恍惚地想，他还是一个病人，谁都能一眼看出来。可我们居然逼迫一个根本没有痊愈的病人出院，谁来告诉我这到底是怎么一回事。

五

牧野静刚刚走进会议室就感受到了巨大的压抑感。在这间足以容纳一百人的房间里只坐了不到十个人，但是他们中的每一位都是令人无法轻松面对的人物。此次，她受命将华吉士议员遇刺案向从国际刑警总部专程前来的高级官员汇报。

牧野静注意到她的听众都很认真，其中大多数是她的同行，只不过他们每个人肩上的徽章都令她不敢大口喘气。另外有几个看不出身份的身着便装的老人，但他们似乎极为受人尊崇。面对他们，牧野静心里有种奇怪的感觉，怎么说呢，他们举手投足间都有种令人无法漠视的威严，就像是——法老。法老？牧野静愣了一下，为自己心里突然冒出的这个词。

"等等。"这时，一位头发雪白的老人打断了牧野静的发言，"我是江哲心博士，我想问一句，那个叫华吉士的议员真是那样说的吗？他当时的神情是否清醒？"

牧野静点点头："他的确是那样说的。至于说他是否清醒，我很难判断。从我的感觉出发，我认为他的话是可信的，因为当时他简直是拼尽了全身的力量来告诉我那些话。我觉得他正是为了说出这几句话才硬撑着没有立刻死去。"

会议室里的几位老人交换了一下眼色，似乎接受了牧野静的说法，但是他们脸上的神色变得更加凝重了。

另一位相貌慈祥的老人开口道："我是崔则元博士，我想知道华吉士议员是否提到那个人的性别。"

牧野静想了一下，"我记得他说那是一个男人。"

"看来出现了一个奇怪的人。"江哲心博士小声地对旁边的几个人说，"可怕的概率，我们有大麻烦了。"

牧野静迷惑不解地看这群人脸色严肃地议论，她不明白发生什么事情了，不过从直觉上她能确定这是一件非同小可的事情。她忍了一下，但还是开口问道："你们可不可以告诉我这是怎么回事？"

正在讨论的人们停了下来，注视着牧野静。过了一会儿，江哲心博士说道："对不起，这件事涉及政府高级机密，我们不能对你说明。"

牧野静不再有话，这里每一个人的级别都能够叫她乖乖闭嘴。她左右看了一眼，然后便知趣地退出了会议室，不过，还是有一些低低的絮语钻进了她的耳朵。

"以前的那个人现在什么地方？"一个嘶哑的声音问道。

"让我查查……唔，就在本市。四十七街区六十一号。"

"能否与其联系上。"

"这……恐怕没有什么意义。"

"为什么？"

"因为当时按照'五人委员会'的指示已经做了常规处理。"

牧野静只听到了这些，因为当她刚刚退出会议室，会议室的门就关上了。但是这几句话已经在她的心里系上了一个很大的结。她回到办公室，想要稍微整理一下这个案子的进展情况，但是电话响了，是欧文局长打来的。

"什么？"牧野静大叫，"要我交出这件案子？现在一点眉目都没有，就让我交出来可不行。"

"这件案子以后不归我们管了。上边另有安排。你把卷宗整理一下，准备移交。"

牧野静放下电话，咬住下唇，怔怔地站立了半晌。"这件案子是我先接手的，我不能就这样交出去。"牧野静突然说出了声，自己也被吓了一跳。但是她的决心就在这一刻下定了。

六

牧野静花了好几个小时才找到了四十七街区六十一号在什么地方。那是一片行将拆除的老式院落。牧野静打听到这里有一个叫何夕的人患有精神疾病，曾经有不明身份的人出资给他治疗过，但是没能治好。此时，牧野静立刻就感到自己要找的就是这个人。

牧野静推开没有上锁的门走进院子。院子左方的墙边坐着一个满脸络腮胡的男人，他正半眯着眼惬意地晒着太阳，一丝亮晶晶的口涎从他的嘴角直拖到显然已经很久没有洗过的衣领上，在那里濡湿出一团深色的斑块。一些散乱的硬纸板摆在他面前的地上，旁边还有半桶糨糊和一些糊好的纸盒。

这时，一个老妇人突然从一旁的屋子里走了出来，猛地朝那个正在打瞌睡的男人肩上揉了一拳。"死东西，就知道吃饭睡觉，干一点儿活就晓得偷懒。"老妇人说着话，不觉悲从中来，眼睛红红的，用力擤着鼻子，"30多岁的人了，就像个废物。不知道上辈子造了什么孽，老天爷叫你来折磨我。"那个男人从睡梦里惊醒，万分紧张地看着老妇人挥动的手，一旦她的手靠近自己的身体，他就会惊惧地尖叫。过了一会儿，他确信老妇人可能不会再打自己了，便慌忙地拾起地上的家什开始糊纸盒，但眼睛却一直紧盯着老妇人的手，丝毫不敢放松。

"请问……"牧野静小声地开口，"这里有没有一个叫何夕的人？"

老妇人露出疑惑的神情看着牧野静："你找他有什么事情？"

牧野静一滞，她其实也不知道自己找到何夕又该怎么办。

"何夕。"老妇人念叨着这个名字，仿佛在咀嚼一样年代久远的事物。一些柔软的东西自她眼里泛起，她的目光投向那个被她称作"死东西"的男人。"何夕。"她轻声地呼唤了一声，然后转头看着牧野静说，"他就是何夕，他是我的儿子。他本来是很好的，最多只算是有点儿小毛病……"老妇人悲伤地揉了揉眼睛，"可现在却成了这个样子。"

院外突然传来一片嘈杂声，像是有大群人在朝这边走来。"就是这里。"有人高声叫嚷着。过了一会儿，院子的门被推开了，不下20个人一拥而进。牧野静惊奇地发现这些人她居然认得一些，比如江哲心博士，还有国际刑警总部的几名高级官员。另外一些人居然是荷枪实弹的士兵。

"你怎么在这儿？"江哲心博士意外地看着牧野静，"你知道些什么？"江哲心博士冲口而出，但他立刻意识到这样问反而显得事情复杂，"我是说，你来这里做什么？"

牧野静心念一动，她有一种直觉，这件事会跟自由天堂的案子有关："我只是在同何夕聊天。"

"聊天……"江哲心博士狐疑地看着牧野静的脸，"那我不得不打断你们了。现在我必须带走这个人。"

牧野静紧张地在心里打着主意，说道："刚才我们正谈到关键地方，这件事情可能会和自由天堂有关。"

江哲心博士愣了一下，看上去有些无奈："好吧，看来我们还必须连你也一块带走。"他做了个手势，然后那些全副武装的士兵围拢过来。站在一旁的老妇人这时才明白发生了什么事，她挡在儿子面前说："你们不能带走他。"士兵们不知所措地回头看着江哲心，等他下命令。

江哲心博士放低了声音说："我们只是带他去治疗。"

老妇人警惕地看着那些士兵，眼里满是不信任。她的态度影响了何夕，他站起身，不信任地看着每一个人。这时，牧野静才发现何夕的身材相当高大，如果要强行带走他肯定会费上一番周折。

江哲心博士想了一下，然后回头拿出对讲机低声说了句什么。过了十来分钟，一个胖乎乎的妇人从门口进来，她的目光一下子就盯在了那个仍在糊纸盒的男人身上。

"2074。"她说。

何夕稍微愣了一下，然后便露出讨好的笑容，摊开了手。

七

这是格林小姐见到过的最为漂亮的病房——超过五百平方米的面积，设施齐全，只住着一个病人。何夕正在吃药，品种花色相当复杂。他现在变得越来越烦躁，有时却又长时间地沉默着发呆，像是在想什么问题。现在的何夕已经与一个月前判若两人，如果格林小姐不是一直陪着他的话，肯定认不出现在这个时时眉头紧锁、眼睛里含着某种深意的英俊男人竟会是当初的那个白痴。今天何夕并没有像往常一样在吃完药之后立刻休息，而是点起了一支烟。过了一会儿，他像是下了决心般地对着面前的空气说了句"叫他们来"。

"你是说……"江哲心博士擦拭着额上的薄汗，房间里只有他和何夕两个人，"你完全想起来了。"

何夕冷冷地看着面前的这个老人："是的，我想起来你们是怎样把我抓走，又是怎样宣布我是一个疯子。"他的声音渐渐变低，"当然，我后来的确成了疯子和白痴……"

江哲心博士沉默着坐下，他的腿有些软："我知道这件事伤害了你，但是你现在必须帮助我们……"

"帮助你们？"何夕打断了他的话，"我为什么要帮助你们？"他大声吼道，"你们毁了我，是你们把我变成了一个废物。我的天……"泪水漫出了眼睑，"而现在你居然要我帮助你们。"

江哲心尴尬地笑笑："我只能说抱歉。我知道没有什么能够弥补你的损失，但是你真的要帮助我们。"

何夕平静了些："这样吧。如果你们对我做的一切能够说出正当的理由的话，我会考虑这个问题。"

"这件事情不是我一个人能够做主的，同时这个地方也不安全。除非'五人委员会'集体同意，否则我不能告诉你真相。"

"那好吧，我跟你走。"何夕点点头，"还有件事，我希望见到那天比你们早几分钟找到我的那个女警官。"

"为什么？"

何夕叹口气："因为我实在不想那么漂亮的一个女孩变成白痴。"

八

"五人委员会"是一个充满神秘色彩的机构。它的成员是 5 名年龄从四十几岁到八十有余的著名的专家。它实行的是终身制，直到某一位委员去世，才会由另几名委员推选新的成员。谁也不知道这个机构到底是做什么事情的，同时谁也不了解这个委员会隶属哪个部门。

何夕一直不肯走进密室，直到他见到了江哲心带来的牧野静。密室的门在人们身后缓缓关闭。

任何一个进入密室的人第一眼便会看到大厅正中那个直径超过 10 米的、由三维成像技术制造出来的半透明地球影像，它缓慢而静谧地转动着，如果仔细分辨的话，甚至能看到海洋巨浪掀起的小小波纹，淡淡的经纬线标识在球体的表面浮动着。

屋子里只有 7 个人——何夕与牧野静以及"五人委员会"。这些人里，何夕认识两个——江哲心和郝南村。

何夕的目光落到郝南村的脸上，久久都没有移动，弄得他有些不自在地不停四顾。

"我知道你的感受。"江哲心用规劝的口吻对何夕说，"当年郝南村博士只是恪尽职守，有些事我们也是迫不得已。"

这时，坐在左首的一位满头银色鬈发的老妇人开口道："何夕先生，我是'五人委员会'的凯瑟琳博士。"她又指着坐在她旁边的两位身着黑色西装的瘦高男子说，"这是蓝江水博士和崔则元博士。出于安全原则，我们五人以前从未像今天这样同时出现在一个地方。现在由我来解答你的问题。当然，如果你愿意的话也可以向别的委员提问。"

何夕想也没想地就开口说："我想知道枫叶刀市在什么地方。你们谁来答都行，喏，"他指着蓝江水说，"就你吧！"

蓝江水没有立即回答，而是反过来提问道："我想问你知不知道'新蓝星大移民'？"

何夕想了想，说："那好像是一百多年前的事情了。当时人类已经发现了宇宙中有众多适宜生命存在的行星。于是，他们挑选了一颗和地球情形差不多的，让许多人接受了冷冻，出发移民到那颗新行星上去了。我记得那颗行星同地球的距离是四十光年，以光子飞船的速度算起来，第一批上路的人已经到达那儿很久了。"

蓝江水博士摇头苦笑道："我不得不佩服政府高超的保密手段，这么多年过去了居然还能让人不起一点疑心。天知道，我们哪里来的什么光子飞船，就算是有什么新蓝星，又有谁能保证上面没有被其他生物所占据，难道还要准备去打星球大战吗？"

何夕忍不住插言："你说什么，你不会是在告诉我那只是一次骗局吧？那可是载入了史册的伟大事件。"

凯瑟琳插话道："如果说那是一次骗局的话，它也不是出于恶意，最多算是一种手段而已。政府花了大力气把某个蛮荒星球描绘成一片充满生机的新大陆，以此来吸引人们自愿移民。说实话，当时的地球确实已经相当糟糕了，超过两百亿人居住在这颗最多只适宜居住一百亿人的星球上。"

"如果这是骗局的话，那么那些人都到哪里去了？"何夕倒吸一口凉气，"难道……"

江哲心博士在一旁摆摆手说："'新蓝星大移民计划'虽然是场骗局，但不至于那么恐怖。至于说那些人……"他的目光投向了面前地球上深黄的一隅，"他们就生活在类似于枫叶刀市的城市里，和我们生活的城市并无什么不同。"

"枫叶刀市。"何夕念叨着这个名字，这个城市已经与他有着千丝万缕的关系，甚至于改变了他的人生。但是他又的的确确对这个地方一无所知。

"他们生活在许多像枫叶刀市那样的城市里。"蓝江水的语气像是在宣读着什么，"他们一样呼吸空气，一样新陈代谢，一样出生并且死亡，和我们没有什么两样。只除了一点。"蓝江水直视着何夕的脸，不放过他的任何一丝情绪变化，"——组成他们那个世界的'砖'和我们不同。"

九

何夕觉得自己越听越糊涂，他打断蓝江水的话："你还是没告诉我枫叶刀市到底在什么地方。"

凯瑟琳博士笑了笑，"我来告诉你吧。枫叶刀市是在海滨的一座中型城市，人口约九十万，大部分是华人。"

何夕有些恼怒地补充道："我没问这个，我是问它的具体地理位置。"

凯瑟琳的神色变得严肃起来："它大约位于东经 105 度、北纬 30 度。"

"等等。"何夕打断她的话，他的目光在地球上搜寻着，"这不可能，那个地方是内陆，而且，"他倒吸一口气，"就在我老家附近。"

"不对。"凯瑟琳执着地说，"枫叶刀市位于枫叶半岛南端，面临枫叶海湾。"

何夕有些头晕地看着凯瑟琳博士一张一合的嘴唇，有气无力地说："要么是你疯了，要么是我疯了。"

"你们都很正常。"是郝南村的声音，"凯瑟琳博士说那里是海滨，这是对的；你说那里是内陆丘陵，这也是对的；你甚至还可以说那里是雪山或是负海拔的盆地。全都对。"

"你……你说什么？"何夕扶住自己的额头，他看不出郝南村有开玩笑的意思，"你知道自己在说什么吗？"与他同样吃惊的还有牧野静。

"我当然知道自己在说什么。"郝南村毫不迟疑地点头，"你们只要听完其中的原因就会明白我为什么这样讲了。"

"知道什么是普朗克恒量吗？"凯瑟琳博士轻声问道。

何夕在自己的脑海里搜寻着："以前学过，那大概是一个常数，所有物体具备的能量都是它的整倍数。"

凯瑟琳颔首说道："你说得不算离谱。那的确是一个常数，具体数值是 $6.626×10^{-34}$，单位是焦耳·秒。按照量子力学的基本观点，世界并不是连续存在，而是以这个最基本的值为间隔断断续续地存在。这个世界上所有物质的能量和质量——按照质能方程计算，这两者其实是一回事——都是这个值的整倍数。如果我们把这个常数看成整数 1，那么这个世界上任何物体所具备的能量值都是一个很大的整数。比方说是 15000，或者是 940000076。这些都可以，但是绝没有一个物体会具有诸如 8.54 这种能量值。从这个意义上讲，我们不妨把普朗克常数看作一块最基本的'砖'，整个世界正是由无数这种'砖'堆砌而成。"

何夕很认真地听着，他的嘴微微张开，样子有些傻。应该说，凯瑟琳讲得很明白，但何夕不明白的是她为何要讲这些，他也看不出这些高深莫测的理论和眼前的问题会扯上什么关系。

"等等。"何夕终于忍不住打断了凯瑟琳博士的话，"我只想知道枫叶刀市在什么地方。你不用绕那么多圈子，我对无关的事情不感兴趣。"

凯瑟琳博士叹口气："我说这些正是为了告诉你枫叶刀市在什么地方。"她的目光环视着另外的几个人，似乎在做最后的确认，"枫叶刀市的确就位于我说的那个位置。"

"这不可能。"何夕与牧野静几乎同时叫出声。

"这是真的。"江哲心博士肯定地答复。

"你是说它是一座建在地底的城市？你们在地底又造了一座城市，甚至——还造出了地下海洋？"何夕有些迟疑地问，也许连他自己都觉得这个推测过于荒谬，故而声音很低。

凯瑟琳摇头："我说了那么多，你应该想到了。我看得出你很聪明。"

何夕心中一凛，凯瑟琳的话让他想起了一件事。是的，还有一种可能……但那实在是——太疯狂了。

"不可能的。"何夕喃喃道，他的额上沁出了汗水。

凯瑟琳的表情有些微妙，心思像是已经飞到了很远的地方，银白的头发在她的额头上颤巍巍地飘动。她的目光停在了地球上的某处，那里是一片深黄色。"枫叶刀市就在那里，一座很平常的城市。但是……"凯瑟琳顿了一下，"它是由另一种'砖'砌成的。"

十

"量子力学的基本原理给了我们一个强烈的暗示，那就是我们并不像自己通常认为的那样占满了全部空间。实际上，即使这个星球上已经看不到一丝缝隙了，它仍然是极度空旷的，因为在普朗克恒量的间隙里还可以有无数的取值，就好比在'1'到'2'之间还有无数的小数一样。"凯瑟琳博士露出神秘的微笑，"你明白我的意思吗？"

"在枫叶刀市所在的那个世界里，普朗克常数有另外的起点。如果把我们的普朗克常数看作整数 1 的话，枫叶刀市的普朗克常数的起点大约是 1.16。"江哲心艰难地开口道，看得出他每说出一个字都费了不少劲，"这就是答案。"

"另外的……起点。"何夕仍然如坠迷雾，"这意味着什么？"

"你不妨想象一下，一队奇数和一队偶数相遇会发生什么事情。"江哲心像是在启发，他注视着何夕的神情，"你应该想到那其实不会发生任何事情，因为它们都将毫无察觉地穿过对方的队伍。而我们与枫叶刀市之间就相当于这种关系。如果你和生活在枫叶刀市的一个人相遇了的话……"江哲心做了一个停顿，"你认为会发生什么事情？"

何夕的表情有些发傻，"发生……什么事情？"他用力思索着，"我是不是会看到他身上有很多小洞？"

江哲心博士缓缓摇头："答案是你根本就感知不到他。他在你面前只是一团虚空。"

"可是他总会反射光线吧？"何夕插话道。

"问题是他所在的世界的所有物质都和他具有同样的普朗克常数偏移量，光也不会例外。"江哲心指指头上的灯，"我举个例子。红色光的波长大约是 0.0000006 米。一个光子具有的能量值是普朗克恒量乘以光速再除以光的波长。在我们的世界里，一个红色光光子的能量大约是 3.31×10^{-19}，由这样的光子组成的光束能够被你的感官所感知，只是因为你的身体处于与之相同的能量序列之内。而来自枫叶刀市的光线则不然，它们具有完全不同的能量序列，同样波长的一个光子的能量是 3.86×10^{-19}，而这个能量值对我们这个世界来说根本是不可能存在的。包括光线在内的那个世界的所有物体都可以毫无阻碍地穿越你的身躯，对它们来说，你也只是一团虚空。你们之间的关系就像是数学里的平行线，永远延伸但却永远不能相交。"

"你的意思是想告诉我，就在我身体的周围还生活着另外一些奇怪的东西。"何夕神经质地伸手在空中抓挠着，"它们可以任意穿过我的身体，就像是我并不存在。"汗水从何夕的额头上流了下来，他颓然地扶住墙壁，防止自己倒下去。牧野静的情形也不比他好到哪儿去。何夕嘘出口气："好吧，我相信你们了。虽然从理智上讲我难以接受这一切。"他转头环视着屋子里的另一些人，"我想你们花这么多工夫告诉我这些不是为了让我长见识吧？说实话，你们要我做什么。"

江哲心博士没有直接回答这个问题，而是自顾自地往下说："有件事情我还要告诉你，记得郝南村博士说过在枫叶刀市所在的位置上还有高山和盆地吗？"他停下来，"你应该明白我的意思。"

何夕想了一下，"难道说还有另外的世界存在？"

"在200多年前的那个动荡不安的年代里，由于人口问题以及对自然的过度开发，我们的地球已经不堪重负。"江哲心的语气变得沉重，"不知道在你心中是怎样看待我们这些以科学为职业的人，不过，我倒是觉得我们之中的大多数人都是良知的奴隶。当我们目睹人类的苦难时，内心里总会感到极大的不安——哪怕这种处境根本就是咎由自取。就在这时候，我们的一位伟大的同行出现了，他是一名华裔物理学家，他叫金夕。金夕博士找到了一种被他称作'非法跃迁'的方法，可以将物质跃迁到另一层本来不可能存在的能级上。在他的方程式里总共找到了6个可能的稳定解，我们原有的世界只是其中的一个解。"

"那另外的5个解呢？"何夕插话道。

"当时的世界已经无法承载人类的重负，金夕博士唯一的选择是立即把所有的解都用上了，政府则全力支持了这项计划。枫叶刀市所在的世界也只是其中的一个解，而从某种意义上讲，我们现在的世界其实是由六重世界构成的。"

"六重。"何夕喃喃自语，似乎有所触动。

"的确有点儿巧合。"江哲心仿佛看透了何夕的心思，他的目光停在虚空中。那个孤独的地球开始闪烁起来。浩瀚的太平洋的腹心突然涌现出深黄的陆地。北美洲眨眼间消失得无影无踪，就像是被一场灾难吞没。北冰洋成了北极洲，而南极大陆则成为一片汪洋。这幅新的版图并未保持得太久，十几秒钟之后，另一幅完全不同的地球景象又出现了……

江哲心理解地望着何夕，他尽量使自己的声音平稳："当年佛陀把欲世界分成包括地狱道、饿鬼道、畜生道、阿修罗道、人道、天道在内的六道，它们在业力的果报下永无止境地流转轮回。"他稍停一下，语气变得像是在宣判，"此所谓六道众生。"

十一

"众生门"国家实验室位于南太平洋的一座孤岛上。从外部看，这只是一座平常的热带岛屿，但是附近的渔民都知道这里不能随便靠近，每天都有一些行踪不定的神秘船只和直升机从岛上驶向外界。

"我们已经很久没有启用过'众生门'了。"江哲心走到何夕的身后，他的思绪显然已经飞到了往昔的年代，"我的前辈们设置了这个装置，用来将当时过多的人口发送到另外 5 个新创的世界去。它的原理并不复杂，你应该知道，如果一个电子吸收了光子的话，它就会跃迁到某个新的能级轨道上去。在'众生门'里，有一种可控的特殊能级的粒子会辐射你的躯体，其能级不到普朗克常量的十分之一，在我们的自然界中是不存在这种能级的。通过这种辐射，我们可以让你到达其余 5 个新创世界去。"说完话，江哲心急匆匆地朝忙碌的人群走去。

牧野静若有所思地看着江哲心的背影："我觉得有地方不对。"

"你说什么？"何夕吃了一惊。

牧野静小心地看了眼四周，同时压低了声音："你不觉得这里有些事情不能解释吗？"

"解释？解释什么？"

"你知道我是个警员，我是因为调查自由天堂的案子才牵涉到这件事情里来的。"牧野静说得很认真，"如果把这些事情同那件案子联系起来想的话……"

何夕愣了一下，他是从牧野静口中知道了整个案子详情的。当他听到华吉士议员死前描述的场景时很自然地想到了自己以前目睹的怪事，但他并未从中悟出什么来。现在，牧野静突然提到这一层倒是让他心中一惊。

"我甚至还有个更大胆的想法。"牧野静兴奋地说，"大约在一年前，我调查过一件发生在撒哈拉沙漠的离奇雪崩事件。你想想看，这里边会不会有联系。"

"你不会是在说……"何夕欲言又止，他觉得这个想法太荒唐了。

牧野静却点头道："也许那就是真相。"

"我还没说呢，你怎么知道我说的是什么。"何夕禁不住笑了。

"这就叫身无彩凤双飞翼，心有灵犀一点通嘛！"牧野静得意地跟着笑，以何夕的视角来看，她这副自鸣得意的笑靥真是动人极了。"哎。"她突然轻叫一声，双颊泛起红晕。

"怎么啦？"何夕问，但他立刻知道是怎么回事了，因为他想起了牧野静刚才的那句话里可以包含的另一种意思。"你别多心嘛，说错了就说错了，我们不是没事嘛！"话一出口，他就知道自己又错了，遇上这种场面只能装糊涂，哪能有意卖弄明白呢？

"谁说错了？"果不其然，牧野静当即白了何夕一眼，"就你对。"

"还是说正事吧！"何夕换了话题，"如果把雪崩看作是位于另一层世界的物质由于某种原因突然进入了我们这层世界的话也就好解释了。同样，如果把那个人的突然消失解释为进入了另外一层世界的话也就没有什么奇怪了。"何夕的眼中放着光，"可是那个人根本没有凭借什么'众生门'之类的装置，难道，"何夕的脸色有些变了，"他能够在六个世界里自由往来。"

牧野静的声音有些发抖，"而这个人居然还是个——杀人凶手。"

何夕倒是很平静，他重复着牧野静的话，觉得这一切简直令人发疯："是的，他是个凶手，来无影、去无踪，执掌六道众生生杀大权的自由的凶手。"

十二

江哲心博士颓然坐下，过了好半天才幽幽开口："你们终于还是想到了。不错，这就是我们眼下的处境。我们刚刚听到自由天堂的案子时就知道什么事情发生了，因为除此之外没有别的解释。'五人委员会'本来就是一个管理层叠空间的组织。"江哲心注意到了他的听众神情茫然，"层叠空间就是指包括我们这个世界在内的六层空间。'五人委员会'成立于200多年前，当时，世界刚刚凭借人类智慧的伟大力量分化为六层平行的物质空间，其后又花了近100年的时间使得另外五层世界变得适宜人类居住。我想强调一点，我们说到空间分层的时候其实是指物质与能量分层。站在我的观点上看，空间和时间都是并不存在的抽象概念，空间只是对应着物质的存在，而时间则对应着物质的运动。当物质世界分层的时候，空间也就自然分层了。我们的这个世界看上去并无变化，而另外五个世界则是全新的。整个空间范围是以地球为中心半径约 6500 千米的球体，包容着整个地球生物圈。如果区域之外的物质进入该区域的话也将被分层。比如说太阳光照射进这个区域时将分化为六层，并分别被每一层世界所感知。在这个空间范围内的所有物质元素都被分出了新的五层。新的物质元素层在新的空间里组合出另一层世界。那些世界和我们这层世界相当类似，它们在初创之时拥有除生命之外的一切，比如水和空气，适宜的温度，以及土壤——虽然相当贫瘠。不过这已经足够了，因为它们是行星，是和地球同样规模的超巨系统。对于一颗行星级别的系统来说，这些条件已经足以承载宇宙间无与伦比的奇迹，那便是生命。由于出自同一原始物质，所以这六层世界在位置上始终是大致重合的，但效果上却像拥有了六个地球。当时成立'五人委员会'是为了应付可能出现的异常情况，应该说在 200 年里，这个组织虽然地位崇高但却是无事可干。不过金夕博士倒是预言，由于按照量子力学的观点，这个世界本质上是按概率存在的，故而任何事情都可能发生，只是概率大小不同。所以不排除可能存在某些可以穿梭于不同能级空间的自由物质，比如说某一个质子，或是某一个光子，其概率按方程式解出的值都小于十亿分之一。"

何夕心念一动："如果是一个大的物体呢，比如是某个人？"

江哲心的身体颤抖了一下，"以人这样大小的物体来说，出现某个可以自由穿梭层叠空间的人的概率不到十万亿分之一。你知道，六重世界的总人口也不过 700 亿，所以这种概率可以认为没有。但是……"江哲心露出痛苦的神色，"我们中彩了。事实上，出现了这样的人，而且是两个。当然，我想也不可能再多了。其中一个是那个可怕的凶手，而另一个人就是——"江哲心的声音颤抖了一下，"你。"

十三

"我？"何夕惊奇地反问，尽管他心有预感，但还是受到了极大的触动，"你是说我是那种可以自由穿梭层叠空间的人？"

江哲心郑重地点头，"不到十万亿分之一的概率让你遇上了。"他补充道，"你可以将自己连同周围小范围的空间一起跃迁到另一层世界去，比方说你身上的衣服以及一些小的东西。"

"如果我是那种人，你们又何必花这么多精力来启用'众生门'？"

"通过'众生门'，你可以尽快发现自己的全部潜力，'众生门'起引导作用，过不了多久，你就能够凭自己的力量自由来往于层叠空间了。"

这时，凯瑟琳博士在不远处招手道："可以开始了。"随着她的话音，大厅中响起一阵奇异的声音，半分钟之后，一个巨大的深不可测的黑色圆洞突兀地浮现在了大厅正中。四周安静下来，所有人都目不转睛地注视着黑洞。它是人类智慧最伟大的发现，它是奇迹，它通向宇宙中原本不存在的物质区域。

何夕突然露出一个奇怪的笑容，他对江哲心说："你们很自信嘛！凭什么就认为我会愿意做这个实验呢？"

江哲心吃了一惊，他看着何夕的目光就像看一个陌生人："这是什么意思？我们不是有约定吗？"

何夕脸上仍然是那种奇怪的笑容："你不妨回忆一下，从头至尾，我何曾说过一句同意的话。我只不过想知道真相罢了。正是因为你们的研究，我从小就被认为是一个怪人，一个神经病。我失去了正常人应有的生活，失去了一切。当我想要弄明白这是为什么的时候，你们甚至真的让我变成了一个白痴。"何夕的脸变得扭曲了，甚至有些狰狞。"我看过自己病中的照片，我就像是一块面团似的靠在肮脏的床头，嘴里扯出几尺长的口水，脸上却挂着满足的笑。我的天——"何夕闭上眼睛，"那是什么样的笑容啊，就像是一头吃饱了的猪。可那就是我，的的确确就是我啊。如果不是因为现在你们有了麻烦，需要我的帮助的话，我的一生都将那样度过。这就是你们对我所做的一切，而你们全部都心安理得。"这时，何夕的目光落到牧野静的脸上，她的眼里有莹莹泪光闪动，"还有她，你们当初是不是也打算让她成为那样的白痴？"

江哲心的声调变得很低，"我只能说抱歉，为了保守秘密，我们没有别的办法。"

何夕粗暴地打断他："那是你们的事。自始至终我有什么过错吗？我根本是无辜的。如果现在要我去选择的话，我宁愿去做另外那个人。"何夕捉弄地看着江哲心，就像是一只猫看着一只老鼠，"你不觉得那个人比我聪明得多吗？他没有像我一样傻乎乎地到处去寻找答案，也没有寄希望于别人。现在，他能够自由往来于六道众生之间，在每一层世界里他都是一个不受拘束的人，而这实际上就相当于——神。"何夕注意观察着江哲心的脸，对方的表情让他的心里涌起阵阵快意，"他掌握了对六道众生生杀予夺的无上权力，他可以随心所欲地主宰这个世界。而这一切都是你们造成的。"何夕大笑起来，"如果说他是魔鬼的话，那么你们就是造就并且放出魔鬼的人。"

何夕咧了咧嘴："还有件事。我想清楚了，发生在赤道沙漠的离奇雪崩也是你们造成的，来自另一层世界的冰雪——对了，你们管这叫自由物质吧——压死了两个人。"他残酷地笑了笑。"那次你们运气好，如果雪崩发生在某个上千万人的大城市的话，比如说纽约——"何夕凝视着江哲心的眼睛，"是的，这种概率很小，可是别忘了，你说的，概率里没有考虑时间。随着时间推移，这种机会将越来越多，直到成为一种必然。就好比某一地方在某一时刻发生地震的概率很小，但若干年之中却终究会发生地震一样。"

江哲心的脸已经变得苍白如纸，何夕说的每一个字都像是一把锋利的刀，割在他的心上。何夕说的每一句话都是实情，你是帮凶,有一个声音在江哲心耳边萦绕着,是你放出了魔鬼。江哲心博士再也站立不稳,他缓缓地瘫倒在地。而与他的身躯同时倒塌的还有他自己的全部世界。

十四

郝南村愤怒地瞪着何夕的脸,他的语气冷得像冰:"按照章程,现在由我接替江哲心博士执行委员的职务。他是我的老师,如果他有什么不测的话我绝对不会放过你。我说到做到。"

何夕满不在乎地看着面前这个面色阴沉的中年人:"我是不会合作的。"

"也许你对我有成见。"郝南村不紧不慢地开口,"老实说,我并不想为自己辩解,谁让我当年是一个执行者呢?你要是恨我尽管恨好了,但是我不希望你因此而违背自己的意愿。"

"违背自己的意愿?"何夕重复着这句话,"我不知道你在说什么。"

郝南村洞若观火地笑笑:"何苦强撑。我知道你的性格。你和江哲心博士根本就是同一种人,"他稍稍停顿了一下,"也就是那种对世界的关心胜过对自己的关心的那种人。我知道你会同意的,只是时间的问题。"

何夕的表情有些发呆，郝南村的话让他有种异样的感觉，就像是突然被人击中要害。

"这次反复只是你内心不满的表现，你只是记恨当年我们那样对你。"郝南村悠然开口，"实际上，你早就已经妥协了。不过，我觉得与其说是向我们妥协，倒不如说是向你内心深处潜藏的某些东西妥协了更为恰当。我说的对不对，你自己知道。"

何夕有些惊恐地看着郝南村，在这个人面前，他有种被人剥光了衣服的感觉。妥协，他回味着这个词，然后他极不情愿地发现郝南村说的居然是对的，对方的目光竟然完全看透了他的内心世界。

"老实说，我从不认为科学家们应该为这个事件负什么责任。"郝南村用目光制止了何夕想要反驳的举动，"你先听我说完。我知道你想说这是我在为自己开脱。但这是我内心真实的想法。人类缺乏能源，于是我们找到了原子能；人类缺乏粮食，于是我们找到了转基因作物；人类缺乏生存空间，于是我们又找到了层叠空间。我们许身科学，以求造福人类，难道能够对人类的苦难不予理睬？不错，我们同时给人类带来了核爆炸，带来了新变异的可怕物种，带来了自由物质和自由天堂，可是这难道是我们愿意的吗？我们就像是一头在麦田里拉磨的驴，为了给人们磨面而转着永无止境的圆圈。同时因为踩坏了脚下的麦苗还必须不时停下来想办法扶正它们。这就是我们的处境。"

何夕叹了口气，"好啦，我认输了。我们出去吧，他们可能等不及了。"

……

"众生门"再次开启，如同一只怪兽大张的嘴。何夕朝黑洞走去，他突然觉得一阵心慌，仿佛有什么地方让他觉得不放心。别紧张，他安慰自己说，这个玩意儿传送过上百亿人呢！但是那种感觉越来越强烈，他觉得浑身都不舒服起来，就像是一把很钝的锯子在他的耳边锯钢条，让他起了一身鸡皮疙瘩。

何夕突然逃也似的退回来，脚步踉跄，险些摔倒。

直到面对凯瑟琳博士的眼睛时，何夕才醒悟到这件事多么难以交代，他讪讪地笑着说："可能是里面有些热。"

郝南村倒是没有说什么，他看着何夕摇了摇头，然后对其他人摆手示意行动取消。"等等。"何夕突然说，"可能是因为我没有经验，心里有点不踏实。"何夕脱下身上的外套扔进黑洞，它立即消失在了那片神秘区域中。"不如先拿它做个实验。"何夕说。

郝南村轻蔑地哼了一声，不知道是针对这个想法，还是针对何夕刚才的举动。"你知不知道做一次跃迁要花多少精力和费用？请不要总是用'实验'这个词，在两百年前可以这么说，而现在已经不是实验而是实用了。"他转头对着另外几个人说，"关闭能源。"

何夕拦住他："我只是一个俗人，不敢相信自己没见过的东西。就当是给我点信心。"

"我看就依他吧！"蓝江水没好气地说，"否则他是不肯合作的。"

黑洞的方向发出低沉的声音，控制台上的指示灯开始急促地闪烁。十几秒钟之后，一切静止下来，黑洞消失了。何夕第一个冲上前去。身后传来凯瑟琳平静的话语："里面什么都不会有的，你的衣服已经不在这个世界上了。"

但是何夕转过身来，他的手里拿着一样东西——是他的外套，只不过上面已经是千疮百孔。"看来——"何夕古怪地笑笑，"实验是部分成功。"

"我的上帝，有人破坏了'众生门'！"凯瑟琳博士低声惊叹。郝南村警惕地环视着四周，他的目光停在了大厅左角，那里堆放着一些很大的仪器。这时，从那里突然传来一声响动，郝南村立刻冲了过去，蓝江水紧随其后。

枪声。

人们这才反应过来，乱糟糟地朝着那边赶去。但是一个奇景出现了，有一个影子凌空朝着大厅的天花板走去，两脚一抬一抬的，就像是在上楼梯。人们驻足观望，警卫们朝这个影子开枪射击，但那个影子越来越淡，然后消失在了天花板的一隅。

人们都愣住了，枪声还在回响着。何夕这才猛地想到郝南村和蓝江水，他急步朝前走去。郝南村倒在一台仪器的背后，他的肩上中了一枪，人已经昏迷。蓝江水倒在几米之外，子弹穿过了他的头颅。

十五

清晨的太阳从东方升起，慷慨地将万丈的光芒倾泻在大地上。云彩被阳光染成了火红的颜色，幻化出无尽的变迁。

何夕走在一条已经废弃不用的道路上，路两边是坡度低缓的原野。在他的正前方已经可以隐隐看到一些高大建筑的身影，这使得他受到了鼓舞。

这时，一块路牌吸引了何夕的目光，他停下来注视着这块朽烂不堪的牌子，并且点燃了一支烟。何夕一直等到这支烟燃完，他的两指间产生剧烈的灼烧感时才如梦初醒般地扔掉它，他重新把手插到裤兜里，朝前走去。

何夕的身影渐行渐远，只留下一块朽烂的路牌在风中颤抖。这时，一阵风将路牌吹得变换了方向，阳光照在了上面，显出一行已经不太清晰的字迹：

四千米，枫叶刀市。

……

"实验对象没有按期返回。"凯瑟琳博士注视着"众生门"，时间显示何夕离应该返回的时间已经超出了近六个小时。

牧野静坐在旁边的椅子上，她咬着下唇一言不发，但眼睛里的焦急却是人人都看在眼里的。她想知道何夕会不会出事，但却不知道该问谁，周围的人好像全知道她的心事一般。

江哲心博士坐在轮椅上，才短短几天，他看上去就苍老多了。那天与何夕的争论引发了他的心脏病，如果不是因为郝南村正在治疗，人手不足的话，他本是不用来的。"有没有重点观测枫叶刀市所在地区？"江哲心博士轻声问道，"我认为何夕是足以信赖的，他的晚归一定是因为到那座城市里去了，如果换成我，我也会这样做的。"

但是何夕突然出现在了"众生门"里："我回来啦。"他富有深意地看了一眼轮椅上的江哲心，显然听到了他们的对话。

江哲心博士直视着何夕的脸说："你感觉怎么样，现在如果没有'众生门'，你能不能穿梭层叠空间？"

何夕迟疑了一下说："还没那么快。我想起码还需要两三次实验吧！"

江哲心竟然笑起来，"你不要想骗我，我是相信理论的人，通过'众生门'获取经验，一次就足够了。"

何夕有些尴尬地点点头："看来瞒不过你。我只是不愿意看着你们高兴的样子。"

江哲心叹了口气："如果我是你的话，也不愿意看着我们这些人高兴，我甚至还巴不得这些人撞得头破血流，整天哭丧着脸才好。"

何夕也学着叹了口气说："你比我想象的要聪明得多。"

江哲心笑笑，这使得他脸上的皱纹越发地深了："这不关聪明的事，而是近不近人情的问题。我站在你的立场上自然就能够猜度到你的心思。"

何夕愣了一下，过了一会儿，幽幽地说："看来你真的是一个好人。"他环视了一眼四周，"有件事情我想单独同你谈。"

密室的门关上了。

"我这次实际上去了两层空间。"

"为什么？"

"因为我在枫叶刀市看到了很不寻常的事情。你知道自由天堂吧，在我们这里它还是一个没有被正式承认的非法组织，但是在枫叶刀市的那个世界里它已经被合法化。"

江哲心的脸色阴沉了，望着墙角一语不发。

何夕继续说道："在那一层世界里有近百分之三十的人成为会众，而且人数还在急速增长之中。我同其中的一些人谈过，据他们说，'圣主'是受命拯救世界，力量无边，可以操纵世间众生的生死祸福。他们中的一些人还亲眼看见过圣主显灵。"何夕叹了口气，"你不知道他们有多么虔诚，我觉得即使圣主要他们马上去死，他们也肯定不会有丝毫的犹豫，因为他们相信圣主将令他们永生。自由天堂主宰那一层世界只是迟早的事情了。"

"你不是说你还去过另一层世界吗？"江哲心插话道。

何夕艰难地笑笑，"情况更糟。自由天堂在那个世界里的影响更大，几乎所有人都陷于狂热之中了，站在教堂的神坛上接受礼拜的已经不是上帝，而是一个影子一般的雕像，他们说那是圣主。我觉得并不是那些人愚昧，因为他们目睹的的确是超出了他们想象的事物，不由得他们不陷入狂热。"

"还有别的事情吗？这次你还有没有别的收获？"

何夕的身体抖动了一下，江哲心的问询触动了他。这次他违反了计划，私自到枫叶刀市只是顺应了内心的一个声音。当何夕面对着枫叶刀市那宏伟壮观的城市风景时，当他看到巨大的玻璃幕墙反射出万丈阳光时，当他的手真切地在粗糙的建筑物表面划过时，当他的眼睛被滚滚红尘带起的喧嚣所灼痛时，他清楚地听到自己内心有一个声音在大声地说：我看到枫叶刀市了，我亲眼看到枫叶刀市了，我不是疯子。他的心思飞回了檀木街十号那幢老式的建筑，耳边回响着母亲的叹息，眼前飘过漫天黄叶和黄叶里大眼睛姑娘离去的背影。两行滚烫的泪水顺着何夕的脸颊滑了下来，滴落在异域的土地上，发出清脆的声音……

……

"你怎么了？"江哲心关心的询问惊醒了何夕。

何夕摆摆手说："没什么，我只是想起了一些事情。"他顿一下，平静了一下心绪，"你有没有发觉事情不对？我是说关于上次'众生门'被人破坏那件事。"

"我知道的，看来自由天堂的确势力庞大，我觉得那个影子——他们就是这样告诉我的——就是我们要找的人。"

"问题是他怎么会进来的。"

"你这样问反倒让我觉得奇怪。对能够穿梭层叠空间的人来说，整个世界都是透明的，他可以往来无碍。"

"问题是他怎么知道我们那天刚好要进行跃迁实验？事先只有最核心的几个人知道这件事。他还不至于能跑到别人的脑子里去吧？"

"你就直说怀疑谁吧！"

何夕迟疑了一下："跃迁实验那天崔则元博士为什么没有来？"

江哲心悚然一惊，"你怀疑他？"

十六

送走客人之后，崔则元独自走进书房，他的神情显得很疲惫，自从 3 年前过了 70 岁生日之后，他自感精力已经大不如前。他没有注意到有一个人已经站在他的背后很久了。

"你好。"何夕大方地打了声招呼。

"你来做什么？"

"我想弄清楚一件事。现在我怀疑'五人委员会'里有自由天堂的人。"

"这么说你怀疑我。"崔则元环顾四周，"这没别人了，你直说吧！"

"我觉得只有做这个假设才能解释一些事情。"

崔则元博士叹口气："你是不是因为实验那天我不在场所以才做出这种推断的？"他指着桌上一沓厚厚的文件说，"两个月前，我因为身体原因正式提出退出'五人委员会'。你知道以前我们一直是终身制，所以这次的变化应该算是很大的。这段时间，我一直忙于这件事情，不想反而惹得你怀疑。江哲心博士知道这件事的，他没有告诉你吗？"

"江哲心博士？他没有说过。"何夕苦恼地回忆着，他脑子里突然闪过一个念头，一时间他几乎站不稳了。

……

何夕驾着小车一路狂奔，窗外的景物飞一样地朝后退去。驶过两个街区后道路被阻断了，一些拉着横幅的游行队伍鱼贯而过。所有的横幅上都写满了"自由天堂"这几个字，横幅下边是无数张狂热的表情。他们喊着口号喧哗而过，更多的路人加入其中。何夕知道近段时间以来自由天堂的活动已经日趋公开，在政府里也有不少人支持。这个日益庞大的组织取得合法地位只是迟早的事情。

游行队伍好不容易才过去了，何夕急不可耐地踩下了油门。

现在一切都清楚了，"五人委员会"里很可能有自由天堂的人。因为"众生门计划"从设计之初就只有一条单线，在另五个新创空间里根本没有"众生门"，而如果没有"众生门"做引导的话，没有人能够达到自由穿梭层叠空间的境界，所以这个人一定来自这一层世界。更为关键的一点是，如果有这么一个人，那么他一定也同何夕一样曾经目睹到一些奇怪的现象。从人之常情出发，他也一定会发出询问，想要找到答案。但是他却没有这么做，而是采取了另外一种完全不同的利用这种能力的方式。这就说明他很可能是一个知道内情的人，而且很可能知道何夕的悲惨遭遇。除了"五人委员会"之外还有谁能具备这些条件？五人中蓝江水已死，而何夕是怎么也想不到江哲心头上去的。凯瑟琳在实验出事时一直没有走出过何夕的视线。现在如果崔则元没有嫌疑，那么就只剩下一个人。当天在实验室，他是第一个朝大厅左角跑去的，他和蓝江水到底看到了什么事情已是死无对证。他那天如果不那样做的话，人们很容易会想到"众生门"被破坏是内部出了问题，他那样做便可以引开人们的视线。他可以先打死蓝江水，之后再故意显出一个模糊的影子来吸引人们的注意力，然后从另一层空间里迅速返回原地，再给自己补上一枪。当时场面混乱，警卫们一直在外面开枪，枪声是根本无法辨别的。何夕感到一阵阵的心悸，郝南村阴鸷的脸在他眼前晃呀晃的。

十七

江哲心博士微微喘息着，他感到自己的心脏一阵阵地收缩。自从何夕同他谈过对"五人委员会"内部的怀疑之后，他就知道什么事情发生了，几乎是直觉地想到了郝南村。但是他怎么能正视这一点？郝南村是他最得意的也是最心爱的学生呀！

"这么说你承认了？"江哲心低声问，他脸上的肌肉止不住地哆嗦。

郝南村面无表情地看着自己的脚，江哲心的询问让他心烦意乱。什么地方出了差错，他仔细地回想着。他并不怕江哲心发现这个秘密，实际上这也只是迟早的事。在他的计划里，他迟早会露面的，因为他将主宰六道众生。问题是他不想这么快就和江哲心摊牌，毕竟他是自己恩重如山的老师。

"你不会明白的。一个人从小就被迫目睹无数说不清来处的奇怪的影子，它们无时无刻不在你的眼前飞舞。我不敢对任何人讲自己亲眼看到的东西，我怕他们把我关进疯人院去，我怕极了。"郝南村捂住了头，他的眼睛里充满痛苦，"你不会明白的。"

江哲心的神色平静了些，他轻抚着郝南村的肩头，"我知道你受过很多苦。在整件事情里我们都是有责任的。只要你解散自由天堂，放弃那些荒唐的做法，你的前程是不可限量的。"

"前程。"郝南村仿佛有所触动，他直愣愣地望着墙，目光像是痴了。他怎么能对江哲心说得清楚，江哲心知道站在神坛之上享受亿万人的顶礼膜拜是什么滋味吗？知道自己脚下的尘土被人亲吻的滋味吗？可他知道。那种感觉真是令人永生难忘。如今在六道众生的世界里已经到处建起了自由天堂的神坛，当他降临其上的时候，四周狂热的欢呼声响彻云霄。他的一笑一颦一喜一怒都可以左右亿万人，他们愿意为他生、为他死，无数人愿意为他奉献金钱，无数少女愿意为他奉献贞操。在自由天堂的世界里，他的话就是圣典，就是金科玉律，那个时刻他就是世界的中心，就是亿万人的主宰——而现在江哲心居然要他放弃这一切。

江哲心的神情有些恍惚："这些日子以来我一直在想，也许我们和金夕博士都错了。我们实在是过于迁就人类的意愿，总是想尽办法满足他们。六道众生。"江哲心悲叹一声，"佛陀本来就只给人类准备了'人道'这一层世界，我们挖空心思做的这一切根本就是逆天而行，结局只能是饮鸩止渴。何夕说得对，随着时间的推移，自由物质出现的总体可能性将越来越大，如果那次雪崩或是某一次火山爆发发生在某个大城市的话，后果真是不堪设想。"江哲心闭上双眼，露出痛苦的神情，"倘若如此，我们的灵魂将永坠阿鼻地狱的底层。所以，我决定了一件事。"

"什么事？"郝南村有些紧张地问。

"我决定由我们这一届委员会来终止'众生门计划'。我已经和凯瑟琳博士及崔则元博士谈过，他们已经同意了。"江哲心凝视着郝南村，"现在，就差你的一票。"

"如果我不同意呢？"郝南村幽幽地说。

江哲心脸上显出决绝的神色，一丝痛苦的表情在他苍老的眼睛里浮动着，"那我们只能恩断义绝。"他拿起桌上的电话。

但是江哲心立刻捂住了胸口，一柄样式古怪的刀子贯穿了他的身体。他看着正在下落的殷红鲜血，苍老的嘴角止不住地哆嗦，脸上的表情像是面对一件无法想象的事情。

"不——"何夕突然从墙角现身出来，刚好目睹了弑师的一幕。郝南村的脸一下子变得惨白，惊恐地朝后退去。

何夕看了眼江哲心的伤势，他愤怒地瞪着郝南村。"你还算是人吗？"他悲愤地问，"他是你的老师！"

郝南村镇定了一些，神经质地叫喊着："他要阻止我。无论谁要阻止我都是死路一条。我是神，是至高无上的神——"

"你是魔鬼。"何夕狂怒地打断他，与此同时他的手里多出了一把枪，"你该下地狱。"

郝南村突然笑了，他满不在乎地盯着何夕手里的枪，"你应该知道这没有用。我俩都是上天凭借概率之手选中的人。世界上没有什么东西能够伤害我们。等你的子弹打过来时，我早就到另一层空间里去了。"

"我相信报应，报应啊——"何夕虔诚地大喊，似乎想借上天的力量帮助自己除去这个恶魔，几乎就在同时，他手里的枪喷出了长长的火舌，震耳欲聋的枪声充斥了整个密室。

硝烟散尽，对面的墙上布满了弹孔，但是郝南村不见了。没有报应，也没有上天的力量，什么也没有。何夕扔掉枪，绝望地跪倒在地，掩面长泣。

"你是……谁？"是江哲心的声音。他苏醒过来，迷茫地看着何夕。

何夕急忙迎上去："是我，何夕。"他握住江哲心的手，感觉生命正一点点地从这个老人身上消失。"我该怎么办？"何夕痛苦地呻吟，"他是超出六道众生的恶魔，任何力量都奈何不了他。告诉我，我该怎么做？还有什么能阻止他？还有什么？告诉我——"

一丝淡然的近乎彻悟的神色自江哲心苍老的脸上漾开，他低垂着眼睛一字一顿地说："天——网——恢——恢——疏——而——不——漏——"说完，他的头猛地一低。

何夕一动不动地跪在原地，他的心中麻木得没有一丝感觉。没有人进来，密室对外隔绝了刚才的一切。不知过了多久之后，一阵急促的电话铃声突然响起，何夕抓起听筒。

"江哲心博士，"听筒里传出一个焦急的声音，"几分钟前，凯瑟琳博士和崔则元博士在实验室里遇刺身亡。据郝南村博士分析，这很可能是一名叫何夕的恐怖分子所为，政府已经发出了通缉令……"

何夕不禁哈哈大笑，这太荒唐了，自己居然成了通缉犯，而真正的恶魔却依然正人君子般高高在上。他大笑着对着听筒说："我就是何夕，江哲心博士就在我旁边，他已经死了，来抓我吧。哈哈哈……"

何夕扔掉听筒，继续放声大笑。密室的门打开了，荷枪实弹的警卫冲了进来。但是何夕的身躯渐渐变淡变空，最终消失不见，只有凄厉的绝望到极点的笑声还在四处回荡……

十八

牧野静穿过拥挤的人群，她的目光须臾都不敢从前方那个身影上滑落。周遭充满了男人的汗臭与女人的香水混合而成的刺鼻气味，让人呼吸不畅。天知道这么多人怎么会突然聚拢而来，看上去好像超过十万。

所有人的精神都癫狂至极，一个个红光满面，就像过足了瘾的吸毒者。四下里的火堆照亮了天空，噼噼啪啪的木头爆裂声清脆入耳。松枝燃烧析出的油脂滋滋地往下淌，恰如此刻人们高涨到极点的情绪。

在广场的前方搭有高台，台子正中是一具十字架。在十字架的中心处悬空挂着一张座椅。激光在高台四周的半空中投放出血红的大字——自由天堂。

牧野静不知道何夕为什么一到晚上就到这里来，十天前，他突然失魂落魄地找到自己。当时何夕的样子就像是刚刚走了几十里路似的，一倒在床上便不省人事了。那一觉足足睡了将近二十个小时，醒来后的何夕像是换了一个人，脸上是一种大彻大悟的神情。牧野静问他到底发生了什么事，为什么政府现在要通缉他，他是不是真的杀了人。对于这些问题，何夕的回答只是一个，那就是一语不发。不过，他每天都会消失一段不算短的时间，回来的时候总是面色苍白，疲倦得像是散了架，有时身上还带着青紫的伤痕。

人群中突然爆发出一阵巨大的欢呼声，牧野静知道准是快到那个时刻了。往日里也是每到这个时候，人就都会像炸锅一般地掀起震耳欲聋的狂喊声，直到那个什么"神"突然出现在高台的椅子上，人群又立刻静得连一根针掉在地上都能听见，而接下来便是更加狂热的声嘶力竭的呼喊和掌声。那时的人群就像是要疯了一般且歌且舞，无数人朝那个高台冲去，口里嘶吼着"带我走吧""你与我同在""我愿意为你死"。

片刻之后，"神"却悄然逝去，就如同他的出现一样神秘。牧野静发觉这里的人一天比一天多，她记得十来天前只有几百人而已。听别人说以前这里的"神"是极少显身的，但是近段时间以来却从未让人失望过。

牧野静心里有一个猜想，虽然她实在不愿相信这是真的。因为每当"神"显身的时候她就会发现何夕不知上哪儿去了，而当"神"离去之后，何夕却又会悄无声息地突然出现，脸上是一种极度满足的神情。那种神情让牧野静没来由地感到恐惧，她疑心如果何夕真的想要去当一个"神"的话，自己应该怎么办。她知道何夕不是常人，甚至他本身就可以说是一个神。这样想着的时候，牧野静觉得何夕就像是一个令人不安的陌生人。

牧野静咬咬牙，她快步向前几步，拽住了何夕的手。她轻声叹了口气说："你今晚一直陪着我好吗？"

何夕怔了一下，他低头看表："等一会儿吧。我办完事情就回来陪你。"

牧野静盯着何夕的眼睛："什么事情？是不是比我重要？"

有一丝亮光自何夕的眼睛里闪过，但立即就变暗了，他的手缓缓地从牧野静手里挣脱，"比什么都重要。"他停了一下，眼里滑过一丝无奈，"包括你。"

何夕说完这句话就无声无息地从牧野静面前消失了。周围的人都狂热地盯着高台的方向，没有人注意到这奇怪的一幕。

但是人群突然安静了下来，所有的人都拼命地伸长脖子，朝着高台的方向望去。牧野静擦干顺着脸颊流下的泪水，她的心已经碎了，她终于知道自己的柔情在那个男人的所谓理想面前是多么渺小可笑。她真想一走了之，离开这个伤心的地方。但是她还是本能地望向了高台的方向，她知道"神"就在那里，不，应该说是何夕就在那里，享受着万众的膜拜。

但是事情变得有些古怪了，因为高台上突然凭空出现了两个身影——两个"神"？！他们居然还在说着什么，只是无人能够听清他们的话。其实就算听得见也没有人听得懂他们在说些什么，因为那是"神"与"神"的对话。

十九

"怎么你会在这儿？"郝南村坐在高台上的椅子上，一条长长的披风斜拖在地。他居然化了妆，看上去更加威严和神圣，如果不仔细看的话，几乎认不出他是郝南村。他突然笑了："我听说每天都有神在这个盛大的聚会上现身，原来是你。你终于想通了。其实你何必冒我的名来偷偷享受这种无上之福呢？"郝南村陶醉地聆听着震耳欲聋的欢呼声，"想想看，造物主待你我不薄。世界就在我们的掌中，六道众生也在我们的掌中。这真是妙不可言的感觉。"

"我不大懂你的意思。"何夕淡淡地说。

"这有什么难懂的？"郝南村轻慢地指着黑压压的人群，"我和你属于另类，相对于这些人来说，我们是神。人生短促如朝露，何不利用上苍的恩赐享受。"他志得意满地大笑，"我和你都将有精彩的人生。这些人心甘情愿地供我们驱使，这个世界上的一切都将属于我们。"

"可是你想过没有，这个世界是不稳定的。"何夕插话道，"随着时间的推移，六层空间的世界将出现越来越多的问题，也许在下一个时刻灾难就会降临。"何夕指着狂热的人群，"这里有十万人，如果地下突然冒出火热的岩浆会是怎样一种情形？"何夕盯着郝南村的眼睛，"就算是炼狱也不过如此吧？"

郝南村稍稍愣了一下，也许何夕描述的情形让他有些害怕，但只一瞬间之后，他便恢复了常态："这对你我都是没有影响的，我们可以马上穿梭到另一层安全的世界去。"

"可他们呢？这里有 10 万人，你就看着 10 万人在火海里挣扎着死去吗？"何夕激动得大叫，他的脸涨得通红。过了几秒钟后，他平静下来，用同样平静的口吻说："不过我倒是很满意你的回答，简直可以说是满意透顶。"他的脸上露出奇怪的笑容。

"满意？为什么？"郝南村问道，他隐隐觉得什么地方有些不妥。

"因为这使我永远都不必为自己将要做的事情感到后悔。"何夕的手指微微一动。一道亮闪闪的金属圈从椅子上弹出，箍住了郝南村的身体。

"你这是为何？"郝南村迷惑不解地看着何夕，"你要做什么？"

何夕的手上多出了两样东西，那是一根足有两尺长的锈迹斑斑的铁钉和一把同样锈迹斑斑的铁锤。

"这根钉子是我特意委托一位牧师替我找的，据说曾经钉入过魔鬼的胸口。"何夕认真地说。

郝南村哑然失笑，他觉得何夕可能是有点儿神经不正常了，"不要玩这些噱头了，你知道这不会有用的。这个世界上没有什么东西能够伤害到我，子弹不能，你手里的玩意儿更不能。"

何夕没有理睬郝南村的话，他一脸虔诚地朝前逼近："你没有试过怎么就知道不行？等到铁钉刺进你的胸膛，你就不会这么说了。记得我说过一句话吗？"何夕的眼神迷离了，"我说过我相信报应。我知道你是不相信报应的，这正是你我之间最大的不同。不过快了，你马上就会知道什么是报应了。"

郝南村有些怜悯地盯着何夕，就像看着一个疯子："你准是疯了。我不想和你纠缠。我奈何不了你，可你也同样奈何不了我。你慢慢玩吧。"说着话，郝南村的身体开始变淡，轮廓也开始消失。只一瞬间的工夫，何夕的面前便只剩下了一团虚空。

但是何夕的姿势没有变化，他依旧一手执锤一手执钉，脸上满是虔诚地望着苍穹，目光里有希冀的光芒闪现，他的口里念叨着什么，就像是在祈祷。

只几秒钟的时间，郝南村突然又出现在了何夕面前的金属圈里，他的脸由于极度的惊恐已经扭曲变形，看上去令人害怕。

"你做了些什么？"郝南村挣扎着大叫。

何夕低叹口气："你终于知道害怕了。你知道你的老师江哲心博士临死前对我说了句什么吗？"

郝南村面色变得像纸一样白，额头上冒出汗水，"他……说什么？"

"他说天网恢恢、疏而不漏。"何夕指着那个金属圈说，"我给它起的名字就是天网。其实很简单，它并不是单一的，在六道世界里的同一位置里都有这样的一个圈，所以无论你逃到哪一层世界，都会发现自己刚好仍然被它牢牢地箍住。这就是天网。"

"天网。"郝南村面无血色地重复着这个词。

"你以为我每天到这里来就是为了享受这种令人作呕的狂热崇拜吗？"何夕鄙夷地看着黑压压的人群，"我承认那种滋味的确让人飘飘欲仙，但是它不值得我留恋。你想主宰这个世界，可我不这么想，我从不认为哪个人有权这样做，而且我说过的，我相信报应。我每天来这里只是为了等你。如果你想避开我的话，我是毫无办法的，所以我设计了这一切。我知道这样的盛会对你的诱惑是不可抗拒的。你不是喜欢万众的膜拜吗？你不是喜欢坐在宝座上高高在上的感觉吗？这些我全给你。当然，还有天网。为了布置好这些，我在每一层世界里费尽周折。"何夕撩开衣袖，露出伤痕，"这个位置在其中一层世界里甚至是火山口。"何夕扫视台下激动无比的人群，"这些人都是你的信徒，你是他们心中至高无上的神。不过——"何夕露出冷酷的表情，"他们将亲眼看着你死。"

"还有这根取自魔鬼身上的铁钉。"何夕将手里的器物高高举起，"它也不是单一的，在六道世界里都安排有一根这样的铁钉。你无处可逃了。"

郝南村彻底瘫软了，他的身体剧烈地哆嗦着，汗水从他的脸上大滴大滴地滚落下来。"你放过我吧。"他呻吟着，"我不是人，你不要杀我。"

何夕用更高的声音打断了他的话："到现在才说这些已经太迟了。"他的眼里隐隐有泪光闪动，眼前晃过一些故人的面孔，"想想为你而死的那些人吧，想想你将把世界引向的去处吧！这就是你的报应。"何夕突然举起了铁锤，"拿命来——恶魔。"他高声喊道。

全场哗然。

"以圣灵的名义——"何夕击打着铁钉。

血光飞溅。郝南村在惨叫。人群发出惊呼。

"以圣子的名义——"何夕睁大了双眼，污血溅得他满脸都是。

郝南村喉咙里发出咕咕的响声，他已经说不出话了。

"以死难者的名义——"何夕继续挥动铁锤。

郝南村的身躯扭曲着忽隐忽现。他在六道世界里左冲右撞却无路可逃，他的眼睛瞪得很大，像是要暴突出来。污黑的血顺着铁钉往下淌。

"以正义的名义——"何夕的神色已是极度亢奋，他的心里升起一股嗜血的快感。

郝南村抽搐着，口里吐出血沫。

何夕停下来，但是立刻又补上一下："以我的名义——"

铁钉贯穿了郝南村的身体，直达背后的十字架，他的身体已经以铁钉为支撑悬挂在了上面，犹如某种象征。

何夕朝郝南村的尸体上啐上一口，他已经筋疲力尽。但是他还是强打精神转向已经惊住了的人群。一时间，何夕有些茫然，他不知道应该如何向人们解释发生的一切。也许是该让人们知道真相的时候了，尽管这个真相并不美好，里面浸透了人类的疯狂与贪婪，但是，它是真实的。

"这就是你们的'神'。"何夕走到麦克风前，他指着郝南村的尸身大声说，"但是他死了，和所有人一样，他也会死，所以他也不再是神了。"何夕扔下手里的铁锤，它落在地上，发出巨大的声响，"我来告诉你们这一切究竟是怎样发生的吧！这个故事实在太长了，它从200多年以前延续至今，几乎所有人都对它一无所知……"

……

四下里的火堆已经燃尽，收敛了曾经喧嚣直上的妖冶的火光，有气无力地冒着烟。而东方的天空已经现出了淡淡的天光，预示着真正的光明就要来临。

何夕还在讲述着。

周围安静极了，所有人都静静地站立着，就像是一群雕像。

"后来的事你们都看到了。"何夕轻声叹口气，他像要虚脱了一般，"这就是真相。也许你们现在还不愿意相信我，但是迟早你们会明白的。"何夕无奈地笑了一下，目光惨淡，"有时我会忍不住地想到，人类真是伟大，能够凭借智慧发现那么多自然的秘密，用以造福自己。而有时我却又想，如果大自然是一位母亲的话，那么人类就是她最聪明的但也是最可怕的一个孩子。这个小家伙顽劣不堪却又自以为是，他总是不断地向母亲要这要那。母亲疼爱自己的孩子，但是她并不想纵容他。可是这个孩子实在是太聪明了，他总能够变着花样地从母亲那里得到自己想要的东西。而有些东西是母亲本不愿意给、不能给，同时也给不起的。但是因为孩子的聪明，他总是如愿以偿。他每一次都背着母亲偷偷地火中取栗，每次都自以为得计地享受着自己的聪明，却不知母亲一直就站在他的身后，默默地为他将来的命运伤心垂泪。"

何夕说不下去了，他的眼中淌出了泪水。泪光中，他见到一个人走上高台，轻轻地依偎在他的胸前——那是一个姑娘。这就是结局了，何夕想。

尾声

微风扫过无人的城市，蓝色天幕上巨大的云影缓缓移动。

134 岁的何夕已是白发苍苍，他站在宽敞的街道上，环视着雄伟壮观的枫叶刀市。一座高大而荒凉的过街天桥横亘在他的面前，昔日人流上下奔忙的景象已是苍狗白云。周围没有一个人，也没有有人的迹象，就像是一座死城。死城，何夕回味着这个词，是的，这里是一座死城。"重归计划"是从一百年前启动的，也就是郝南村死后不久。何夕想着这个时间，他在心里惊叹自己居然活了这么久，也许是因为他的身体异于常人，但是他知道自己确实老了，他已经能够看到死亡的身影。在这个计划里，人们用了一百年的时间返回故里——谁能想到回家的路竟然有这么长。

牧野静已经离开这个世界很久了，在不太遥远的未来的某一天，何夕自己也终将离开这个世界。但是这个世界将继续存在下去，连同他们的子孙。何夕想到这一点时内心充满宁静。

阳光还在，反射万丈光芒的玻璃幕墙还在，但是人们已经归去了。这片异域的土地本来就是不存在的，它也不应该存在。它只是空中楼阁，就如同镜子的反光。但是它毕竟存在过，并且在那么长的时间里承载过无数人的人生，连同他们的爱与悲哀。只是，现在不需要它了。

再有几分钟，当"重归计划"结束之时，位于另一个世界的一些人将启动巨大的仪器湮灭五个新创的世界。

何夕周围的一切将消逝无痕，就如同它们根本就不曾存在过。这个时刻，何夕想了许多，无数思绪在他的脑子里匆匆而过。他仿佛看到了百余年前那个惊梦的童稚少年，仿佛看到许多故人向他微笑着走来。

何夕抬起手臂，做了个挥手道别的动作——向往昔的一切，也向这座令他永世难忘但却终将在繁华落尽之后归于虚幻的城市。风吹过来，掀起他的白发。当何夕的手还停在空中的时候，他的眼前突然闪过一阵亮到极点的白光，他不自觉地闭上了双眼，他知道，那件事情发生了。

等到何夕重新睁开眼睛的时候，刚才的一切都已消逝不见，他发现自己身在一间亮着灯光的屋子里，脚下是真正坚实的大地。何夕跺跺脚，享受着沉闷踏实的声音。不会有雪崩了，也不再有离奇的灾难，这很好——他想。

这时，房门突然"吱吱呀呀"地被推开了，一个小脑袋小心翼翼地钻了进来，那是一个长得胖乎乎的小男孩。

小男孩见到有人先是一惊，但是立刻问道："你在我家厨房做什么？"

"厨房？"何夕一怔，他环视了一圈，这里果然是个厨房。

"我……路过这里。"他来了兴趣，"那你到这里又是做什么？"

小男孩不好意思地笑笑，他指着肚子说："我饿了，想找东西吃。只要过了吃饭时间，我妈妈就不准我吃东西。"

何夕心念一动，他这才发觉周围的景物是那样熟悉。时光的流逝停止了，窗外小园子里花草们的身影随风摇曳。"告诉我，这是什么地方？"他轻声问道。

小男孩打开冰箱，食物的香气扑鼻而来，他的脸上立刻写满幸福。"檀木街，十号。"男孩咽了口口水，嘟哝着说。

江河流殇 / 阿缺

跨越时空的爱恋

一

江川足下：

　　匆匆返家，得信于池畔，心稍宽。

　　足下信中详绘奇境，种种神幻，翔天潜海皆可为之，恐不啻神宫仙境。吾与足下知交三载，信往逾百，知足下素来辞恳意切，向不轻薄，是以虽不信，犹不疑。倘亲眼见之，自当知晓。

　　然两地暌违，恐此愿终不得偿，每念至此，心憾不可抑。

　　　　　　　　　　　　　　　舒原敬禀　四月初一

　　江川走进幽辞馆时，老头正在看书。青褐色的书桌旁，一壶茶正被文火慢煮，壶肚里传来咕噜轻响，袅袅水汽自壶嘴升起，馆内弥漫着隐约香气。江川合上背后的门，喧闹嘈杂立刻被滤去。

"每次进来，就像进了另一个世界。"江川走到书桌前，"有时候想起来，老头你真会享受。"

老头抬起脑袋，笑了笑："你又来了，这次还是要我给你译成古文吧？"

"嗯，不然我也没其他的事。我可静不下心，能把一本书看完，尤其是纸质书。"江川把信拿出来，放到书桌中间，然后坐到一张楠木圈椅上，惬意地把背靠上去，"你在看什么书？"

"一本词集。"老头把书合上，让江川看见封面，"《姑溪词》，南宋李之仪写的。"

"南宋……"江川仔细思索了一下，"那是一千多年前的朝代了，这么长的时间，还能流传下来，真不容易。"

老头摘下老花镜，揉揉眼睛，然后又戴上，拿起江川的信："是啊，文字是很神奇的东西，不管过多久，都能顺着时间的河流漂下去，流传到想看它的人手里。"

江川一愣，手臂上肌肉跳动，他伸手揉了揉。老头只顾着看信，没有抬头。

"你这次写得有点儿多，要全部翻译吗？"老头说。

"嗯，这难不倒你吧？"

老头没有说话，拿出一支乌青色的钢笔，蘸了墨水，铺开宣纸。接下来的四十分钟里，整个书馆一片寂静，只有笔尖划过纸面的沙沙声，像风掠过树叶。

江川等得无聊，拿起《姑溪词》。这本书有年头了，虽然经过保养修补，但岁月的侵蚀还是让书页一如迟暮的容颜。江川很喜欢翻页的感觉，粗糙的页边摩挲着指尖，似是不舍。只是上面的文字让他犯了难，生僻字多，读起来很是吃力。他快速翻动着，词集本不厚，很快就翻了大半。

"词要一句句品读，读了还要想，这样才能品出其中的滋味。"老头译完了，把宣纸递给江川，"很多古代词人，为了写词，经常茶饭不思，花上好几天才写出一句。"

江川挠挠头，不好意思地放下书，拿过宣纸。像以前一样，他很满意老头的翻译。

老头把茶壶取下，倒了两杯。茶香更加浓郁了，江川不由得吸了吸鼻子。

喝完茶，江川把信折好，然后把手指凑近书桌前的感应区，输了几个数字。

"你给多了，几乎多了一倍。"老头拉住江川的手，想把数字又输回去，"你来过这么多次，而且每次都是译信这样风雅的事情，我不应收你钱的。"

江川抽回手，拍了拍老头的手："再风雅，也要吃饭。我每次来，你这里都几乎没有生意。现在看书的人不多，看古书的人尤其的少。你总要有收入。"

"我的书值不少钱，要是肯卖，这样的古书还是有人愿意收藏的。"老头愣了一下，争辩说。

江川知道老头说的是实情，但他只是笑笑，收好信，走出幽辞馆。

刚出馆门，一股闷躁之气扑面而来，江川脸上的每个毛孔都闭上了。

他绷着脸，招了一辆无人飞的，然后闭上眼睛。飞的在高楼间穿梭，阳光穿过厚重的云层，透过车窗，照在江川脸上。阳光的温度与机械散的热不同，带着柔软。他的脸慢慢在阳光抚摸下放松下来。

空中的飞的很多，交管系统一刻不停地安排最优线路，饶是如此，他还是花了很久才来到市电视台。

飞的直接把他送到了位于高楼层的演播厅。

"你怎么才来，节目都快开录了！"刚进演播厅，一个硕大的脑袋便伸了过来，对着江川劈头喝道，"快去化妆！"

江川皱了皱眉，眼前的胖子姓李，人称肥头李，是节目制片人。江川对他的能力很不屑，但肥头李后台硬，是节目组里最不能得罪的人。

化妆没用多久，毕竟江川底子好，怎么化都是主持人的样子。肥头李又转头调度现场，观众被拉过来挤过去，彩灯的光柱四处乱晃，人影纷乱，乐队则被逼着调试音质，越忙越错。整个现场乱得如同一锅煮沸的汤汁。

江川站在角落，扬起嘴角，无声地笑了起来。他的视线落在休息区里的一个女选手身上，准确地说，是落在她的衣服上。那是一件雅致的民国旗袍，绣着墨绿色云彩，硬领无袖，露出细白的脖子和手臂。旗袍的衩开至小腿，玉一般的肌肤掩映在轻柔的布料下，若隐若现，像被流云遮住的皓月。江川最后才去看女选手的脸，不算美得惊心动魄，但五官清雅，楚楚动人。

江川就这样看着，失了好一会儿神。

最后，导演实在看不过去了，让一个女场记把肥头李拉走。导演亲自指挥，不到十分钟，各方都已准备妥当。随着音乐的响起，节目正式开录。

这是一档选秀节目，两百年来，观众一直对观看这样的节目极为热衷。江川便是以此为生。

舞台上的江川是另一个人，谈吐得体，机锋频出，带着选手依次走完节目环节。这样的流程他经历过无数次，早已熟悉，虽然笑容满面，但心底平静得如同死水。这种心境直到那个叫吴梦妍的女选手上台时才有所改变。看着她缓缓走近，如一片云，他再度失神。

因为主持人的走神，这条不得不重新拍。吴梦妍看了江川一眼，低头下台，然后把款款上台的场景再录一遍。这种低级失误让江川脸红，但他诧异的是，肥头李居然没有趁机嘲讽。他用余光扫视，发现原来肥头李正盯着吴梦妍看，无暇找自己麻烦。

接下来的节目顺利录制。江川发挥了自己的职业素养，提出的问题圆滑而尖刻，不着痕迹地满足了观众的窥视欲望。只是，吴梦妍显然毫无经验，总是红着脸，紧张地低头，不知怎么回答。这种窘迫其实是观众最愿意看到的，然而江川默默叹了口气，没有继续深挖，并且帮她巧妙地带过了很多地方。

或许是运气不错，或许是她那身复古的旗袍让人喜爱，节目录到最后，现场观众给了吴梦妍一个不错的分数，使她得以晋级。

录完后，所有人都长舒了口气，愉悦地准备收工。江川摘下耳麦，独自走向卫生间。他性子冷，工作这么久，却与这里的人都不熟悉，从不参与他们的娱乐活动。

在卫生间门口，他意外地碰见了吴梦妍。可能是刚卸完妆，她脸上红扑扑的，还带着水珠。她也看见了江川，愣了一下，低头擦肩而过，发尾留下一抹香味。

江川转头，看着她的背影，旗袍勾勒出来的身姿如一袭流水。

吴梦妍在走道的转角处被一个人拦下了。江川下意识地向卫生间门里移了移，眯眼看去，只见一个硕大的身影横在走道尽头，不用看脸也知道是肥头李。肥头李把吴梦妍拦住，往她手里塞了一样东西，并悄声说了些什么，然后带着莫名的笑意离开了。

江川看得很清楚，塞在吴梦妍手里的，是一张字条。

二

江川足下:

　　宴后，父大怒，责以藤条。自战事频起，世道艰辛，父勉力持家，终日惶忧，欲以豪族之姻保族内稳固。然良人未遇，吾心不甘，责打之下未有一言。母终不忍，哀声劝谏，父乃束手而去。

舒原敬禀　九月十六

"出事了。"

江川早上一醒来，就看到了通信频道上的这三个字。全息屏幕仍显示了发信人的姓名——刘凯。江川头皮一阵发麻，连忙回拨过去。

很快，一个头发杂乱的人像显现出来，神情憔悴而惶急，"快，到我的实验室来！"他的头像后还有别的人影，似在走动，夹杂着重物移动的声音。江川刚要询问，"吱"的一声，刘凯的头像已经消失了。

他只得披上一件衣服，匆匆赶往刘凯的实验室。

天气阴沉，厚厚的云层积压在低空，似乎伸手就能摸到这些灰色的水汽。江川按着额头，一直看向窗外，视野里都是灰蒙蒙的。

好不容易赶到，刚下飞的，江川的眼皮就猛地一跳——几个警察围住了实验室！

"你就是他找来的人？"一个警察迎了出来，扫描江川的手指，确认了身份，疑惑地说，"我以为他至少会给律师打个电话的。咦，这个名字，江川……好熟悉，好像在哪里听过……"

江川冲警察笑笑，"我是他的大学同学，毕业后一直联系，关系不错，所以有事他都找我。那，他到底怎么了？"

"附近的居民举报他，"警察努力回忆着"江川"这两个字，随口答道，"好几家居民的宠物都失踪了，有人说亲眼见到一只良种狗进了他的实验室——见鬼，我怎么就想不起来了——然后就再也没有出来过。狗的主人找他，他不理会，就干脆报警了。"

"那你们在实验室里找到什么没有？"

"除了那些奇奇怪怪的机器，"警察抓抓头，"连根狗毛都没有……"

江川点点头。警察没有证据，不会很麻烦。他说了声"谢谢"，走进实验室。

刘凯正坐在实验室里，紧张地环顾四周，不时冲着某个搬东西的警察大声喊道："嘿，那台粒子分析仪不要动，线圈一旦弄混，整个仪器就坏了——该死，说你呢，别乱按，我花了三个月收集的数据，按错了就得全部重来……还有你，对对，就是你……"几个警察都对他怒目而视。

江川走过去，把头凑近刘凯的耳边，低声道："给我闭嘴！"

刘凯立刻合上嘴巴，在接下来的调查取证中，他始终没有说一句话。

由于找不到证据，警察只得悻悻收工，给个警告了事。江川一直点头道歉，连声说是个误会，目送警察走远。

警务飞车排着青烟，缓缓上升，到半空时又停下来。车窗降下，一个头伸出来，对江川大声道："我终于想起在哪儿听过你的名字了——嘿，你主持的那个选秀节目真无聊！"

"慢慢吃，"江川用指尖叩了叩桌面，小声提醒，"这里是餐厅，不会少了你的饭菜。"

刘凯依然埋头吃喝："我连着做了三天实验，只吃了几个面包，当时不饿，现在一闲下来，肚子里就像有绞肉机在绞一样。"他一边咀嚼一边说，声音含混，江川费了好大劲才听清。

"你太拼命了。"他缓缓舒了一口气，端起红酒杯，"那，有什么进展吗？"

"还没有，超光速的研究太复杂了，即使采用曲率振动，也难以实验。毕竟我的实验室只有我一个人。"说到这里，他脸上的神情低落下来，吃东西的速度也变慢了，"白鼠都被用完了，我懒得出去买，恰好几只宠物狗跑进来，我就用它们做了实验，全失败了……"

"以后不要再这样了，这次是运气好，要是警察再细心一点儿，知道我们研究的是什么，就有大麻烦了。"江川叩了叩桌子，语气中透着失望。

"那你得再给我些钱，去买新的实验动物和仪器。"

"嗯，回头我给——"江川突然顿住，眼睛盯着餐厅大门方向，此时，走进来一个熟悉的人影。

是那个叫吴梦妍的女选手。她仍旧穿着民国款式的旗袍，只不过换了种花色。江川心里一动。顺着她的视线望过去，果然，在餐厅的西北角落里，他看到了一身西装的肥头李。

"你在看什么？"刘凯放了一块肉在嘴里。

江川没有回答，他端着酒杯，若有所思。早就听说过肥头李经常约漂亮的女选手，用制片人的身份许诺晋级名次，然后一夜风流。那么，昨天肥头李塞给吴梦妍的字条，恐怕就是今晚约会的地址了。

看着吴梦妍走过去，江川的心上像落下了一片羽毛。

"没什么，只是一个熟人。"江川转过脸，以免肥头李看到自己。

吃了一会儿，西北角突然传来一阵响动。整个餐厅的人都向那边看去。江川忍不住回头，看到吴梦妍和肥头李都站了起来，后者抓着前者的手腕。"放开!"吴梦妍的音调不高,但很有穿透力,隔着大半个餐厅,江川都能清楚地听到。

在所有人注视下,肥头李的脸色很难看,他凑到吴梦妍脸前说:"既然愿意来,还竖什么牌坊?"

"你放手。"吴梦妍的脸憋得通红,但说出的每个字都沉重如铁。

这时,侍者走过去问:"出了什么问题吗?"

肥头李意味深长地笑笑,嘴里轻哼一声,慢慢松开了手。吴梦妍转身推开侍者便走,她低着头,脸上潮红未消,迅速出了餐厅。

肥头李挥手让侍者走开,又愤愤地坐了下来。

江川抿了一口酒,醇香在口中融化。

第二轮选秀时,吴梦妍表演的才艺是唱歌。她抱着吉他,在灯光昏暗的舞台上,自弹自唱,声音轻柔绵软,旋律如絮,飘满了整个舞台。一曲终了,观众回报了持久的掌声和欢呼。

但这一轮,她被淘汰了。

她似乎也料到了这个结局。晚上的节目录完后,她背上吉他,独自出了电视台。她没有招飞的,而是乘电梯到了最底层,走到大街上。此时已晚,大多数人都选择坐飞的,空中被拉出一道道光弧。街上行人寥寥,只有老式路灯默默发出黄光。

江川站在高楼边，透过深色玻璃，看见吴梦妍的背影如一叶小帆，慢慢隐去。

三

江川足下：

三子二女，母独爱我。今母弥留，吾泣泪于母前。

足下亦养于父生于母，吾之哀切，必能体察。若足下身陷此境，当如何处之，告我知否？

舒原敬禀　五月初九

"都这么晚了，你还过来？"老头正准备关门，一转身，看到了身后的江川。

"来都来了，就让我喝一杯茶吧。"江川微笑着走进去，"反正我一个人住，什么时候回去都不要紧。"

老头叹了口气，放弃关门，进屋烧开了茶炉。不一会儿，"咕咕"声就响了起来，清香弥漫。"话说回来，你好像总是一个人。"老头站在茶香中，摆好茶具，"怎么不去找个女朋友呢？以你的条件，要找个好女孩子，应该不难的。"

江川闭上眼睛，使劲吸了口茶炉冒出的香气，然后缓缓吐出：

"好女孩儿很多，可是……"他迟疑了一下，终是说了出来，"我有喜欢的人了。"

"是那个写信的女孩？"

江川浑身一抖，睁开眼睛，老头的面孔在氤氲的茶汽后看不真切了。

"我已经老了，孤家寡人，能陪我的只有这些更老的书。"老头转过脑袋，看向周围书架上的古籍，眼神温柔得不像一个花甲老人，"但我年轻过。我知道两个人，是不能靠书信在一起的。"

江川点头："我明白你的意思，可要找到她确实很难，只是……我忘不了她。"

"如果不能遇见，就放了吧！总是一个人，也很辛苦的。"老头轻轻叹口气，"你总说我洒脱享受，但自从老婆子去世后，我就没有真正高兴过。我不想你也这样。"

江川默然。这时，茶煮开了，壶盖被顶得连连跳起，白汽袅袅而上。老头不再说话，将茶注入杯里，闭目细品。

出了幽辞馆，江川伫立在天桥头，茫然若失。他面前的夜空被飞行器划过无数道光的流影。建筑隐在光影后，看上去只是模糊的影子。他抽出折好的宣纸，夜色里看不清字迹，但他知道上面写了什么。那是他写给舒原的。宣纸在夜风中轻轻飘动。

他想起了老头说的话，不禁苦笑。实验成功还遥遥无期，或许，根本不会成功。那他可能一辈子都见不到舒原了。

站在夜风吹拂的天桥头，他想了很久。

第二天上班之前，江川找到了节目统筹，说想看一下参赛选手的详细资料，便于现场发挥。统筹点点头，去资料室复印了一份。江川拿着资料单翻看着，很快，他的指尖停在了"吴梦妍"这一页上，记下了她的电话。

犹豫了几个月后，江川拨通了这个号码。又过了半年，吴梦妍搬到了江川家里。

对于生活中多了一个人，江川开始时有些不习惯。但吴梦妍是个好女孩，体贴温婉，包容着江川多年独身积累下来的怪习惯——比如书房角落里放着一个奇怪的铁箱子，除了江川自己，任何人都不能碰；比如他总是默默写信，然后去让一个老人译成文言文。

从这些情况看来，吴梦妍隐约猜到江川有个笔友，她问过，得到的答案却只是沉默。

"是你以前的女朋友吧？"她没有过多计较，只说，"你们可以保持联系。但是……你现在的女朋友是我啊！"

"我知道。"江川点点头，忍不住问了那个一直压在心底的问题，"那次为什么去赴肥头李的约？他不是好人。"

"我知道。可是我很需要那笔奖金，我也明白那张字条代表着什么。但当我真正坐在肥头李面前时，才知道自己做不到……"

"为什么需要钱？"江川追问。

"爸爸的肝坏了，医生说可以换一个人工仿生肝脏，可我付不起医药费。"

"我可以给你，我有很多，这些年我自己就支撑着一个实……"江川停下来，没有把后面的话说出口。顿了顿，他说："我可以帮你的。"

"已经……用不上了。"吴梦妍抬起头，眼里噙满泪水，"比赛后的第二个月，爸爸就……"

"对不起。"江川把她拥入怀中，亲吻她滴落下来的眼泪。

打这以后，江川慢慢改正了自己的怪习惯，尽量少躲在书房里，也不再总是写信。但这样刻意的压抑，一时间让他无所适从，他经常下意识地摸摸胸口，感觉不到宣纸的存在，一阵惊慌之后才意识到，自己已很久没有再写信了；上班时也总是心不在焉，在摄影机前说着说着，突然莫名地停了下来，所有人都诧异地看着他……

很多个夜里，他习惯性地起床，拿起床头的笔，想走到书房里。但一看到身边熟睡的女孩儿，他便站住了。窗外透过微弱的光，他看见吴梦妍的鼻子一抖一抖的，嘴角含笑，似乎进入了美好的梦境。他在黑暗中轻轻叹了口气，放下笔，又慢慢躺下。

一个月过去了，他没有再写信，也没有把自己关在书房里。

但煎熬丝毫未减，他恍惚的次数越来越多，工作频繁出错。

这一天，在又一次走神后，肥头李气势汹汹地冲上台，指着他的鼻子大骂："你怎么回事？老是犯这些低级错误，你知不知道每一次重录要花多少钱！不想干了，就给老子滚！"

自从江川与吴梦妍恋爱之后，肥头李越发看不惯江川，总是找借口刁难，让他难堪。而江川的失误给了他很多机会。看着肥头李满脸横肉抖动的样子，江川愣了一下，脑中突然想起那个警察临走前冲他喊的话。

他以为自己忘了那句话，可这一刻，那几个字在他耳边逐一炸响，如雷似涛。

江川低下头，小声说："对不起，再也不会了……"

这下轮到肥头李发愣了。他从没见江川这样温顺过，一顿，忘了接下来要骂的话。几秒钟过后，他哼了一声："知道就好！再做不对，立马收东西走人。"他狠狠盯了江川一眼，凑过去，压沉了声音，"以后干好自己的活儿，不要跟我抢食，不然没你好果子吃！"

说完，他得意地转身。整个演播厅突然响起了一阵低呼——一只脚从后面踹去，巨大的冲击力让肥头李向前打了一个趔趄，在空中停滞了两秒钟后，他的鼻子最先砸在了地板上！

四

江川足下：

　　家中钱财散如流水而聚若飘絮，今尽遣仆役，庭府之
寂清堪比孤坟。吾居家不出，而足下书信不至，唯读书以
消时光。一日，读端叔之词，见江妃之句，感触颇深，至
于泣下。

　　念足下之别，吾生当无涯。

舒原敬禀　一月初三

　　失去工作以后，江川心情更加糟糕。为了缓解这种恍惚和焦
虑，吴梦妍报了一个旅游团。江川本不愿去，但禁不住她期切的
眼神，便点头答应了。

　　旅行团包了一条老式邮船，沿长江而下，游者们可以见一见
这条生命之河周边的风土人情。江川从没有在船上待过这么长时
间，晚上睡不着，便披着衣服，和吴梦妍一起站在船头眺望长江
夜景。江边的发展已然颇具规模，两岸灯火辉煌，只有河面黑寂
如墓。

　　吴梦妍不关心夜景，只站在江川身边就让她心满意足。她挽

着江川的手，发丝在夜风中浮动，有几缕拂过江川的脸庞。

邮船从上海起航，要在七天内开到重庆。到了第五天，船只已经到了荆州境内，船下水势变大，滚滚水流泛着白沫。导游站在船头，大声讲解："长江到了荆州，地势变化，水流也急促了很多。大家看这水，滚滚向下。千百年来，长江水一直向下流去，犹如时间，从不断绝。江面上承载的一切都顺水漂流，再也不能回头，就像我们一样……"

游客们望着船下的水流，纷纷点头，感慨不已。只有江川转身望着身后，江雾缥缈，吞噬了他的视线。"不对！"他突然大声喊了起来，"水不可能总是向下流去的！"

所有人的目光都汇聚到他身上，吴梦妍拉了一下他的袖子。但他像是压抑了许久似的，没有理会异样的目光，上前一步，对着导游说："如果水永远往下流，那么，即使是长江，也要干涸的！水向下流动，是因为重力，但是，肯定会有别的办法能够逆转方向。河上的东西也不会永远只是随水漂流，就像这条船，开动发电机，就可以反过来航行！"

"先生，你……"导游愣住了。

江风刮过来，吹得江川头发凌乱。他满面通红，继续说："总有一天，河水将要倒流，上游变成下游，左岸变成右岸。我们逆流而上，可以再回头……"

他激动得浑身颤抖，唾沫四溅，对别人的目光毫不在意。吴梦妍从没见过这样的江川，她不明白是什么让他变得如此激动，这一刻，她突然觉得自己从未了解过这个男人。

那之后，江川提前结束了旅游，在下一次停靠时便匆匆下了船，回到家里。他的心情愈发烦闷，吴梦妍好几次试图安慰他，但都没有作用。所幸，没过多久，江川的情绪终于有了改变。

那是在一个雨夜，乌云汇聚，雷声在高楼间咆哮。他们正准备休息，突然，家门被"咚咚咚"地敲响。吴梦妍皱了皱眉，起身去开门。

"我成功了，我把——"门刚打开，一个声音就兴奋地响起来。吴梦妍被吓了一跳，看见门外是个干瘦的陌生男子，没有打伞，浑身都在滴水。男子看见她，也吃了一惊，把后面的话又咽了回去，然后，他结巴地问："这里，是江川的家吗？"

这时，江川也过来了，看见门外的男人："刘凯，你怎么……进来再说。"

刘凯绕过吴梦妍，湿淋淋地走进屋来，再度兴奋地说："我的实验成功了！"他正要再说，却看见江川使了下眼色，便又住嘴了。

"去我书房吧！"

吴梦妍看着两个人走上楼，张张嘴，最终什么都没说。屋外雨声淅淅沥沥，延绵不绝。一股不祥的感觉突然笼罩了她的身体，她抱住肩膀，抖了一下。

这一整夜，江川都没再回到房间里。

吴梦妍不记得刘凯是什么时候走的了。她只知道,从那一个雨夜开始,江川便开始了早出晚归的生活——每天清早就匆匆出门,晚上则带着一身疲惫回家,要么倒头就睡,要么又把自己关在书房里,直到夜深。

她问他,得到的却只是疲倦的摇头。

其实,她知道江川每天去的地方是个小实验室,和刘凯一起。她耐心地等待,希望江川什么时候能坐在她面前,好好跟她讲出实情。然而,这种等待在日复一日的孤单中变得越来越沉重。

终于有一天,她目送江川的身影匆匆隐进晨雾中后,来到了书房。她径直来到那个奇怪的箱子前,直觉告诉她,所有关于江川的秘密都在这里面,她无声无息地按出了密码——她和他在一起了这么久,知道他所有类型的密码都是相同的数字。

果然,箱子发出"咯咯"的齿轮转动声,箱盖弹开,露出里面精细诡谲的构造。箱底是一层银白色的蜂窝状孔层,孔中有蓝色尖锥,幽幽反光;箱壁两侧是纯黑的电路板,线路密集有序,她敲了敲,响声沉闷,这说明里面还有更复杂的结构。她想不明白这奇怪的箱子有什么用,最后,她的视线落在箱盖上。

箱盖中间有个条状凸起,她轻轻一推,"咔",凸起处下滑,露出了里面的暗格。格子不大,里面装的全是白纸,整齐地叠着。她的右眼皮跳了一下,顿时想起江川以前每日写信的习惯来。

接下来的十分钟里，吴梦妍一直站在箱子前，她眉头紧皱，眼睛盯着那堆信件。上午的阳光透过窗子照进来，灰尘在光线中缓缓游动，一些光射进箱子里，像被吞进去了一样。

终于，某些情感占了上风。她拉上窗子，打开灯。所有的信件都被放在书桌上。她按顺序拆开，一封封地阅读。上面都是些古文，她读起来有些吃力，于是打开了电脑，进入搜索界面，遇到不认识的字便查阅。整整一个上午，她都坐在书桌前。

读完后，她面无表情，拉开窗帘，阳光扑面而来，将她整个身体都笼罩住，而她却仍觉得身上发冷。

当晚，江川回来后，如往常般潦草地吃了些东西，然后进了书房。一分钟后，他走出房间，来到吴梦妍面前，"你翻我的箱子了？"

吴梦妍怔怔地抬起头，张张嘴，却说不出话来。于是，她只能点点头。她突然想起，没有把电脑里的查询记录删除。但这已经不重要了。

"对不起。"江川说，"但是，我做不到放弃。"说完，他再次转身向书房走去。

"你……你甚至都不愿意解释一下吗？"吴梦妍的声音有些干涩。

"你都看过了，我解释也没有用，是我对不起你。"

"那么，你一直爱的都是……一个民国女孩儿？"她艰难地问出口。

江川陡然站住，缓缓转过身来："是的。我知道这不可理喻，但，是这样的。"

"你爱上了一个从未见过的人，一个甚至跟你生活在不同时代的人？"吴梦妍一反往日的温顺，声音渐渐大了起来，"告诉我，这究竟是怎么回事，我算什么？"

江川苦笑，往事纷纷涌上心头。事实上，如果可以，他也想正常地生活，可已然迟了，这一切在他读到那封信时就已注定。那时，他大学还没毕业，一家研究中心研制出了时空通信技术。他们写了一封信，投影到过去，很快，这封信得到了回应。回信的是一个十五岁的小姑娘，她看不懂信上的简体字，充满好奇地询问这封信来自哪里。而这个小姑娘回信的时间，是1928年，两百多年前。

一时间，整个社会沸腾了。但冷静下来之后，人们开始了恐慌——一旦时空平衡被打破，整个因果链将重新排列，甚至断裂，熟悉的世界随时可能被篡改。人们举行了大规模游行，政府也迅速回应，强行关闭那家研究中心，并立法将任何试图打破时空平衡的研究视为非法行为。事情渐渐平息下来，生活依旧继续，这似乎只是时间长河中一圈小小的涟漪。

但有两个人被这圈涟漪改变了。一个是刘凯，他原本主修空间理论，对时空相当痴迷，时空通信的出现为他打开了一道门，使他的痴迷更加浓厚了。另一个则是江川，他感兴趣的，是那封从两百年前寄过来的信。报纸上刊登了这封信，只有百余字，有些语句读起来还很拗口，但他仍能从信中看出小姑娘的活泼与好奇。研究被禁止后，没有人再去理会这个等待回信的女孩儿。江川经常做梦，梦见一个穿素白色衣裙的女孩儿站在河边，深情等待。这个梦境反复闯进他的睡梦里，让他每每午夜梦回，再难入睡。于是，他决定自己给女孩儿回一封信。

江川和刘凯约好，继续研究时空通信。江川继承了父母留下的大笔财产，自己还去电视台担任主持人，丰厚的遗产加上不菲的薪水，使得这项非法研究得以维持下去。

"于是，我成了刘凯的实验资助人。他是个天才，自己一个人钻研，很快就复制出了时空对话的技术。我放在书房的箱子就是接收器，能把舒原写的信投影过来，打印在纸张上。"江川慢慢地说，"于是毕业后不久，我就能给舒原回信了。然后，我们经常通信，她生在民国，女孩子多半都没有受到很好的教育，但她喜欢写文言文，我就去书馆里找人把我的话译成古文再寄给她。我刚开始只是觉得新奇，但，后来……"

"后来你爱上了这个女孩儿。"吴梦妍苦涩地扬起嘴角，把他后面的话抢先说了出来。

江川顿了顿，眼睑垂下来，"我也没想到，但写信越来越多，我就慢慢陷进去了。舒原是个好女孩儿，虽然我没有见过她，但从她的信中，我感到了她的……"他停下来，眼神从回忆的迷离中清醒，"是的，我爱这个生活在过去的女孩儿。"

"那我呢？你追求我，只是为了掩人耳目或者缓解寂寞吗？"

"不是的！"江川摇头，"我自己也觉得这样很糟，我不能靠写信过完一生。所以，我打算放弃，想找个人好好生活。"

吴梦妍眼中蒙上了一层雾，她拼命忍住眼泪："说什么好好生活，你现在每天出去，回来倒头就睡，算是好好生活吗？"

"因为刘凯的实验有进展了。"江川犹豫了一下，咬咬牙，"我们的研究目的，不仅仅是进行时空对话，他——他想让时间逆流，回到过去！而这也是我的想法，我想去民国，见一见舒原。"

吴梦妍瞪大眼睛，泪水流下而恍然不觉。她盯着江川看了很久，喃喃地说："这不可能，时间旅行从来没有成功过……"

"但刘凯确实做到了。他把小白鼠成功送回了过去，我想很快，就可以进行人体试验了。这些天我都在帮他，我亲眼看到的。"

"这不可能……"吴梦妍后退一步，他们的距离似乎被这一步无限拉大，隔着泪雾，她突然看不清江川的脸了。最后，她轻轻地问："那个民国的女孩子，她，她也爱上了你吗？"

"我不知道。"

五

江川足下：

　　自七月始，每夜听闻炮火轰鸣，隐觉不祥，不意所料成真。昨战事尤烈，屋房震颤，未几，守军战败，贼寇入城，至此直沽尽数陷于敌手。

　　……

　　吾未敢出户，但闻窗外妇孺哭泣之声，可知贼寇烧杀劫掠等若寻常。津门之地，已沦为鬼蜮。吾终日藏匿，不知何时可见天日。

舒原敬禀　八月初三

吴梦妍离开了。

江川没有挽留，只是帮她收拾好行李。她的东西不多，江川沉默地看着她的身影渐渐消逝在晨雾中。他们没有道别。

这之后，江川几乎住进了实验室。他虽不算科班出身，但这些年来一直在读有关时间旅行的论述，在许多细节上都可以帮助到刘凯。刘凯的实验原理基于斯蒂芬·威廉·霍金在一百多年前提出的理论——时间就像一条河流，在不同地段有不同的流速，某些特殊环境中，时间将会流得很慢。而刘凯做的事情，不仅是让时间变慢，还要找到可以逆流的河段。

"这在大自然中也是存在的，在一定环境下，江河可以逆流。同理，时间也能溯洄。"在那个雨夜，刘凯脸上的兴奋被闪电照亮，"我之前一直把精力花在突破光速上，相对论证明了它的可行性，我们能把信通过这种方式传回去，但生物不行，需要的能量太大。我用了几年时间，一无所获，直到昨天，我把玻璃罩撞破了，一只白鼠从破洞里钻了出来，我突然想到了，或许可以试试虫洞！"

他的转向是正确的。无处不在的量子空洞比超光速要容易得到，他用高能粒子将之轰开，把一只白鼠送了进去。白鼠进入了时间逆向流段，几分钟之后，它出现在了三个世纪之前的伦敦街头。当刘凯看到显示屏上烟锁雾笼的伦敦时，惊喜得浑身颤抖，迫不及待地找到了江川。

但接下来又出现了新的难题——实验的成败完全是随机的。同类的白鼠，一只缺了右前肢，一只挂了脚牌，结果却只有前者能被传送，后者消失在了混乱的时间洪流中。相同的结果也出现在非生物实验上，一根木头能被传送，瓷砖却不行。

其中有个用衬衫做的试验，能把衬衫传回五十年前，但不能传回五百年前。他们认为这是因为五百年前没有衬衫，因而得出结论：时间旅行不能把一件物品传回到其产生年代以前。但第二天，江川试了试，发现可以把这件衬衫传到五千年前。他们得出的结论瞬间被推翻。

他们这些天几乎都在做对照实验，试图找出成败的规律。然而整整四个月，除了越来越杂乱的记录，他们没有任何进展。

终于，看着球鞋的实验失败，江川颓然地叹了口气，瘫坐在一堆实验材料上："我们肯定有什么地方弄错了，不能这样继续下去，得静下心来想一想。"

"不，是实验次数太少，才两千多次而已。"刘凯头也不回，不断调整仪器，"所有科研的成功，依靠的都是大量实验，没有捷径。"

江川叹口气，疲惫如潮卷来，整整两个月都没睡好觉了。他躺在材料上睡着了。醒来后，刘凯依旧忙碌在复杂的仪器中间。他劝了几句，没有得到回应，再度叹气，起身走出了实验室。他渴望实验能成功，但这需要冷静的头脑，休息一下是很有必要的。

回到家里，他打开书房的箱子，里面积压了不少信件。他把仪器跟舒原的生活时间同步了，也就是说，舒原已有两个月没收到他的信。他一封封地拆开信，刚开始舒原好奇地问他怎么没有回信，后来语气变得哀婉了，再后来，她不再询问，只是叙说自己的事。

彼时，舒原所在的年代是1938年，烽烟四起，舒家散财保命，家道已然中落。在信中，舒原描绘了直沽之地的惨状。这让江川眉头紧锁。十年来，从信件中，他几乎是看着舒原由一个大户千金没落成民间女子的。而她身处的天津，当时是日军占领地，想必处境更为艰难。

休息了几天后，他带上写好的信，准备去找老头。可是等他到了，才发现幽辞馆已经不见，取而代之的是一家歌舞厅，即使是上午，里面仍灯红酒绿，嘈杂不堪。江川在门前站了许久，走进歌舞厅。吧台前的负责人告诉他，因为生意不好，老头没有资金维持幽辞馆，所以卖了门面。

"不可能，"江川难以相信，"他有那么多古书，随便拍卖一本都是一大笔钱！"

负责人摇头："我也这么想，可是他把所有的书都捐给图书馆，自己一个人回老家去了。没人知道他老家在哪里，只听说是在很远的地方。"

江川恍然，的确，老头宁愿把书捐了，也不会为了钱而转让给那些附庸风雅的收藏家。他怅然地点头，转身欲走，负责人突然叫住了他："等等，你很面熟，你是那个——以前那个主持人吗？"

江川停下，转头不解地看着他。

"是你！等一下。"负责人在吧台底下拿出两本书，递给江川，"他留下两本书没捐，让我转交给你。他说你一定会来的，让我告诉你，"他想了一下，"原话是这样——'抱歉，以后不能帮你译信

了。不过，民国其实是可以用白话文交流的，你自己能写。'应该
没有记错，你知道这句话是什么意思吗？"

江川微微一颤——他早该想到，老头帮他译了这么多年的信，
靠猜都能知道他和舒原的事情。他没有回答，默默地接过那两本
书，书名分别是《姑溪词》和《津门遗恨》，前者他见过，是一本
宋词集，后者却从未听说。

在回去的飞的里，江川仔细翻看这两本书。老头特意把它们
留给他，肯定是想说些什么。他先看的是《津门遗恨》，出版于
一百多年前，记录了侵华日军在天津的暴行。好在这本书是用简
体白话文写的，他一页页翻下去，书中列举了大量史实，揭露战
争背景下日军肆无忌惮地坑杀、奸淫、抢掠天津人民的恶行。

江川越看眉头锁得越紧，书里强烈的反战情绪感染了他。书
不厚，很快翻到末尾一章，这章讲述的是日军强拉中国妇女去当
慰安妇，不少人宁死不屈，其中十七个有气节的女子同时投井自
杀，没让日军得逞。这十七个女子的名字都被列了出来。

江川扫了一眼便翻过去，额头上的青筋突然跳了一下，好像
遗漏了什么。他怔然半晌，手指颤抖着把书页又翻回去，逐一扫
视那十七个名字——

舒原！

空中飞的突然转向，飞快地向实验室驶去。一路上，江川紧
攥着拳头。

到了实验室，他开门进去，刘凯还在红红绿绿的指示灯间埋头研究。"我要做人体实验！"他急促地说。

刘凯转过身，花了好一会儿工夫才明白他的意思，摇头道："不行。现在还不清楚实验成败的规律，不能用人体做实验。而且，也没有志愿者。"

"有，"江川直视着刘凯的眼睛，"我来当志愿者。"

"你疯了？"刘凯一愣，"这些年来我什么都听你的，但这件事不行，太危险了。失败的实验中，物体要么被冲到时间河流之外，要么被时间的张力撕碎，只有很少一部分能原地不动……"刘凯指着那台硕大的机器大声说，唾沫横飞。

"舒原就要死了！"江川扳住刘凯的肩膀，"快送我过去！"

刘凯猛然愣住，过了半晌才结巴地说："不……不是的，她早就死了，在两个世纪前就死了。你不用现在回去……"

"不要再废话了，我再说最后一遍——送我过去！"

刘凯正要再说，实验室外面突然警铃声大作。江川浑身一凛，向窗外看去，只见十几辆飞行器盘旋在屋子四周，许多警察跳下来，持枪拿棍，迅速包围过来。

"快！打开机器！"江川瞬间反应过来，连忙把实验室的门反锁，回头一看，见刘凯还在犹豫，"警察发现了，快点儿，不然就真的来不及了！"

刘凯被突然的变故惊住了，站在原地。江川咬咬牙，索性自己跑到仪器前，一连打开了好几个开关，指示灯顿时如繁星般闪烁起来。"吱吱吱"，电流声在狭小的空间里响着。几个电子突触的尖端吞吐出电芒，逐渐合围，形成了一个直径两米的光圈。

这便是时间长河中的逆流河段。

一切过往，都能重现；所有追悔，均可挽回。只要进去，便能溯游而上。过去即是未来，回忆不再可靠。

但从来没有人来试过。

"快把门打开！"门外响起警察的声音，"你们涉嫌非法研究，严重威胁人类安全。但现在住手还来得及，把门打开！"

江川充耳不闻，只盯着光圈看，眼中似要冒出火来。进去之后，也许能回到民国，更可能的是死亡。但他必须进去，哪怕只有一丝成功的希望。

光圈内是一片黑暗，似乎连光线都被吞噬了。

刘凯回过神来，试图去拉住江川，"别进去！等我找出规律……"

江川没有理会刘凯，只是盯着显示屏上的虫洞生成倒数计时。屋外的警察耐心耗尽，开始掏出激光枪，用射线烧熔门阀。大约过了十秒，警察们踹开门，一拥而入。

这时，江川已经走到光圈前，他的背影被光勾勒出了金边。警察不知怎么回事，但直觉不妙，连忙大声喊："不要再向前走了，赶紧停下！"

江川转过身来，背对光圈，脸上露出苦涩的笑。"好的，"他说，"我不向前走了。"

警察们长舒口气，但这口气还没舒完，只见江川后退一步，整个人退入光圈之中。光圈猛然收缩，电光在他身上流淌窜动，他的头发一根根立起。

"我来了，舒原。"他用微不可闻的声音说。

在所有警察诧异的目光中，江川的身体闪动了几下，消失在光圈之中。

光太烈，江川不禁闭上眼睛，耳边响起无数声响，似乎世界上所有的动静都在这一刻汇聚到了他身旁。他感到脚没处着力，轻飘飘的，像踩在一朵云上；他浑身的血管突突地跳了起来，像是有人以血管做弦，弹奏一支令人费解的乐曲。有那么一瞬间，他痛苦得快要吐出来了。

这里没有时间概念。他不知过了多久，等到可以睁开眼睛时，他看到了身处之地——红红绿绿的指示灯闪耀不休，四周全是穿制服的警察，嘈杂之声在他听来却是一片寂静。

他突然浑身无力，颓然坐倒在地。

实验失败了。

虽然万幸他没有迷失在时间乱流中，但他仍然没能回到两个世纪前。他和舒原，依然隔着两百多年的岁月。

片刻之后，警察反应过来。他们全部扑上去，把江川按倒在地。

刘凯一直在旁边紧张地看着，他清楚地看到江川从光圈中复现时，身上的外套不见了。一道惊电在他脑中闪过，可是太快了，他没来得及看清。他向江川扑过去，两个警察把他拦腰抱住，他不顾一切地大声喊："把你身上丢失的东西告诉我！"

江川的头被摁在地上，他思忖了片刻，努力扭头回答："袜子、钢笔没了；激光表和衬衫还在！"

刘凯浑身一震，眼前闪过无数画面：信件、木棍、袜子、笔轮番闪现，接着是带脚牌的白鼠、瓷砖、激光表……最后，他想起了霍金曾提过的另一个理论——"时间保护臆想"。

"原来是这样……"刘凯喃喃地说。

这一刻，他恍然大悟，在四个月的所有实验中，成功被传送到过去的，都是无关紧要的东西，比如白鼠和木棍。而所有失败的，则是能改变因果链的物品。他想起了那件衬衫的实验——衬衫能被传回五十年前和五千年前，是因为这不会对历史产生影响，而五百年前则不然。

因果链，这是玄妙而抽象的链条。它悬在时间之河上空，一环接一环。时间有多久，它就有多长。所有能破坏它的东西，都会被时间的张力撕裂。就像普通白鼠可以被传送，而一旦带了合金脚牌，便迷失在了时间乱流中。

时间旅行是可行的，但"时间"会阻止任何改变。江川能把信寄给舒原，是因为"时间"认定舒原做不出改变历史的事情，她只会在每个夜里写下回信。这也解释了"外祖父悖论"，一个人能被传到你外祖父的年代，但不能杀死外祖父，否则，"时间"就不会让你过去。就像江川，他回去是为了救舒原，在蝴蝶效应的作用下，以后的历史必然会改变。

刘凯怔怔地抬起头，四周人影纷乱，警察大呼小叫地按住江川，却没人理会他。然而他感觉有一双看不见的眼睛在盯着他。是啊，"时间"的这种判断力，神秘而霸道，似乎是冥冥中守护因果链的神明，阻止任何人靠近。

原来，自己一生的努力，都是在跟神作对。

他愣愣地想着。

警察刚刚把江川铐好，却猛地听到一声凄惨至极的尖叫，全被吓了一跳。这叫声来自刘凯，他大哭大笑，两手撕扯着自己的衣服，两个警察忙扑上来把他按住。

制服两人后，警察把他们关进飞行器。江川像丢了魂一样，脑袋靠在车窗上，无尽的大地在视野里展开，几缕风从遥远的地方吹来，刮过高楼间，发出怪声。

这声音，如同虚空中神灵的轻笑。

六

江川足下：

　　于足下相交十载，从及笄至于花信年华，知交之久若此，却终未得一面之缘。念及此间种种，慨机缘之巧弄，世人如棋任之摆布。

　　……………

　　吾一生享尽荣华亦遭尽苦难，已然无憾，唯足下不能放。身虽遥际，心已托付，或恐足下不知，今觍面告之。此生未相见，唯愿来世续前缘。

舒原绝笔　五月廿七

　　江川出狱那天，是吴梦妍来接他的。

　　彼时秋天已至，吴梦妍紧了紧衣领，发丝在瑟瑟秋风中流转。江川走过去，沉默地跟她上了飞的。

　　在车上，吴梦妍问："刘凯呢，怎么只有你一个人出来？"

　　"他被转进精神病院了，"江川疲惫地闭上眼睛，"他疯了，那天被抓时就疯了。"

　　"对不起……"吴梦妍低头踟蹰良久，似下定决心般抬头开口道，"其实，举报你们做非法研究的人是我。"她脸上满是愧疚，"我本意并不想让你们被抓，只是打算……若你们的研究做不成了，你或许会回到我身边。"

出乎意料的，江川没有发脾气，只是轻轻点了一下头，然后无声地靠在椅背上。他似乎睡着了，但很久之后，他又轻轻开口："是我的错，耽误了你，也害了刘凯。"

回到家，江川发现房间里面一尘不染。"我经常来打扫，就是想等你回来时能看到干净的屋子。"吴梦妍说。

"谢谢你了。"

"我去厨房给你做饭，你先休息，随时可以叫我。"吴梦妍叹息一声。

江川来到书房，发现接收箱不见了。他没有太惊讶，警察肯定会来搜查他的家，把箱子带走是意料中事。但让他心里一颤的是，那些信还在，一封封被叠好了，放在书桌上。他逐一打开，那些熟悉的字迹在他眼中晃动，纷乱的记忆浮现出来。他鼻子有些酸，揉了揉才继续看信。

看完后，他把信装进一个袋子，放到书柜的顶层，关上柜门的前一瞬间，他的腿晃了晃，似乎没有站稳。而后，他锁上柜门，把钥匙丢到了附近的河里。河面被钥匙击出一圈圈细纹，但细纹很快又消散了。

忙完这些后，他回到书房，一时想不到还有什么事可以做。

他的视线落到书架上，泛黄的书脊吸引了他的注意，是那本《姑溪词》。警察后来处理证物时，把这本古书还给了吴梦妍，然后被她放进了书架。

他把书拿下来，坐到皮椅上，翻开书页。

现在，他可以静下心来看完它了。这个下午，没有任何人和事来打扰他。在静谧的时光里，他缓缓品读着那位南宋词人留下来的词句。

看到书后面的那首《卜算子》时，他突然停下，怔怔地看着书页。压抑许久的泪水终于流下来了，划过脸颊，滴到了泛黄的书页上。泪水在纸上洇开，只能依稀看清上面的字迹——

　　我住长江头，君住长江尾。日日思君不见君，共饮长江水。

售梦者 / 刘维佳

一些事你不要太当真

一

　　长空寥廓，一片朗然。我抬头认真看了看，没有一片云彩，六月的阳光毫不费力地洒满大地。沐浴在阳光之下，这座庞大的自然公园显得生气勃勃。

　　现在，我的视野之内除了蓝天，便是宽阔得令人感到寂寞的绿色草坪，远处的树林浓密得给人以深不可测之感。这座公园大得惊人，我估计若要绕着它走上一圈，非从日出走到日落不可。虽然如此之大，但却从未显出失控的迹象。

　　这公园名为自然其实并不自然，在这儿，自然的力量被恰到好处地控制在不致对人造成伤害的程度之内，绝不会滋生毒虫猛兽，断不会让过于茂盛的茅草扎伤人的皮肉——人的力量早已将自然界驯服了。

　　我深深吸了一口气，肺叶扩张的快感令我惬意地闭上了双眼，浓郁的草香正在渗入血液，沁我心脾。

　　我吝啬地轻轻呼出肺叶里的空气，将后背顶在长椅的靠背上，使劲儿伸了个懒腰。真舒服，我感到全身每一个细胞都浸泡在了松弛舒畅的感觉之中。

　　很多天以前，我就渴望到这里来享受一下松弛和安宁，但直到今天才得遂心愿。真是不容易。

　　我将手伸进身边的食品袋里，里面的爆米花已经不多了。我抓出一把撒在草坪上，七八只雪白的鸽子伞兵一般降落在地，开始啄食起来。我又抓了一把给自己。爆米花，我从小就爱吃，现在一吃它就想起小时候的事，那时候可真是无忧无虑啊……

　　然而，那些日子已经一去不回头了，自从我步入坚硬的都市，柔软的过去就离我远去了，只留给我一些记忆的碎片。我抬头望了望天空中的太阳，心头一阵怅然。盛宴终有散时，纵然松弛、安宁，还有回忆是那么令人留恋，太阳落山之时我还是必须离开它们，回到我所居住的那座宛如巨大蚁冢般的都市中去，回去生存……

　　可是我打心眼儿里不想回去。一旦踏上那坚硬的水泥地面，我就感到双肩滞重，似乎那儿的空气都沉重异常，压力无时不在、无处不在，令我举步维艰……只需稍稍想象一下，就会明白，在将近四千万人猬集一起的巨型都市里，谋生是件多么不易的事。

　　都市化是历史潮流，生产力的不断进化最终淘汰掉了乡村，而太空资源的大规模开发也挤垮了本土传统工业，人们纷纷拥入大型都市中寻找机会，谋求发展，结果小城市和乡村几乎绝迹，人口上亿的超级大都市已然出现。这么多人拥挤在一起，生存的压力之大可想而知。

尤其麻烦的是，如今这时代，创造财富的任务实际已被机器所包揽。在日新月异的智能机械的冲击下，人类从各个行业节节败退，业主们若不是慑于法律之威，只怕连一个人也不肯雇用。大多数人可以说已经被排除在了经济结构之外。

每个人只有劳动才能活下去。没错，每个人都在拼命努力。如今的行当真是五花八门、无奇不有，只要有需要，就会有人发明出满足这需要的工作，几乎什么都可以用来交易……就拿我来说吧，我以出售我的梦来求得在都市中的生存。

每年我都必须售出七八个梦，才能保证衣食无虑。自从我 20岁时干上这一行，每年的"收成"都还过得去，最好的那一年，我曾售出了 21 个梦。

那一年我 23 岁。那年，我体内激情充溢，总觉得未来之路上希望之光在清晰无比地闪烁，因而做的梦也饱含激情、美妙动人，自然卖得很好。不过，当时我还未悟出"激情是不可靠的"这一真理，只以为自己是天才，将来事业会更顺利，因而很是大手大脚了一阵子。等我认识到这不过是一种错觉后，钱已所剩不多……好在后来我终于掌握了做出合乎要求的梦的诸般诀窍，谙熟了这一行当的规律门道，可以不再依靠激情来做梦了。毕竟现在我已是而立之人，已明白要活下去，只有不断学习、掌握、控制……

装爆米花的袋子见了底，我端起放在身边的纸杯，仰头喝光了杯中剩余的碳酸饮料。该回去了，都市生活固然艰辛，但除此我也没有什么别的选择，倘若对此不满，似乎只能从都市里那些遍地皆是的碑林般的摩天大楼上跳下去。回去吧，那儿才是我唯一现实的生存之地，我早已学会适可而止、收放自如，轻易不会为留恋之情付出什么了。

我站起身将食品袋口朝下抖了几下，将幸存的几粒爆米花和碎屑尽数留给鸽子们，然后把空纸杯放入空食品袋，揉成一团扔进垃圾箱。再一次深呼吸，我回首四顾，打算最后再让自己的视觉神经享受一下。

然而，我的目光就此被攫住。

二

我将刚买来的果汁汽水放到人造大理石桌面上，然后坐到石椅上。桌上，两只纸杯沉默地彼此面对，而它们的主人也彼此沉默相对。

　　我注视着对面的女子。这女子气质不俗，二十五六的岁数，黑色长发披肩，身上穿着一件海蓝色西服套装，颈上戴着一条细细的银色项链，侧头望着远方，眼神若有所思，似乎心事重重。通常人的侧面像是最美的，可以掩饰脸型的缺陷，而她又很有眼光地选用了一对淡雅的单穗式菱形人造水晶耳环，所以很快就令我对自己心跳的频率失去了把握。心脏无规律的悸动令我高兴，心灵的这种跃动之感一直是我可遇而不可求的，它非常宝贵，我得好好利用……我瞥了一眼她的双手，十指纤纤，没戴戒指。

　　对面的女子终于不能对我的注视置之不理了。她转过头，迎住我的视线，回望着我。

　　我们就这么相互注视着。

　　"看见了什么，你？"她突然开口问道，声音轻柔好听。

　　"孤独。"我说。然后，我反问："你又看见了什么？"

　　"不怀好意。"她说。

　　我嘴角一缩，笑了一下。她的正面也很好看。"不怀好意的人也会孤独。"我说，"能和我聊一会儿吗？"我向她发出请求。

　　"想聊天？上网去吧！"她说。

　　"那么给我你的网址吧！"我望着她的双眼笑着说。

　　她无可奈何地叹了口气："好吧……你想聊点儿什么？"

　　"不知道……"我说的是实话，"我一直想和什么人面对面地聊上一聊，可我总不知道该聊些什么，我也不明白这是怎么了，或许，我过于孤单了一点儿吧！"我叹息一声，垂下双眼，盯着桌面上云雾一般的纹路。

"你这孩子，病得可不轻呢！"她的话轻轻飘入我耳中。

我抬起眼皮："你愿意给我治病吗？"

"这方法好像不怎么高明呀！"她笑着摇了摇头说。

"很抱歉，我就只会这一套。"我也笑着说，"你愿意替我……治病吗？"我再次发问。

"乐意效劳。"她说，然后她又不出我所料地说，"但是今天不行，我没时间了，我得回去了。"说完，她站起身来。我觉得空气都因她优雅的身姿而为之一颤。

"那么，改天行吗？"我伸手向她递过去一张名片，"帮帮我吧，我需要你……的帮助。"我的手和名片凝固在空气之中，我的眼神充满真诚的渴求。我希望这是我最为真诚的眼神……希望如此。

她犹豫了一下，还是伸手接过了我的名片，看也不看就顺手扔进手提包里，就仿佛那名片是她自己的一样。

她的背影亦十分动人。我的目光随她而动，不愿移离。等她消失之后，我就对自己说：行了，你也该回去了。

三

现在是夜晚。我总觉得夜晚的城市笼罩在一种冰冷璀璨的光芒之下，但我一直无法将这都市想象成一颗闪烁在无边的黑色绸缎上的硕大宝石，轻松的郊游亦无法令我做到这一点。

不远处就是我所居住的街区。上百幢摩天大楼在夜色中分外显眼。那些亮着灯的窗口使这些庞然大物看上去颇似鳞片斑驳的巨鱼，它们身体上的光芒咬破了黑夜，使黑夜更显破碎。这种百余层的摩天大楼在夜晚看上去比较壮观气派，但白天不行——粗制滥造的大楼被阳光一照，其简陋之处完全无法掩饰，光是看上去就令人丧气。

从前，摩天大楼曾是地位与财富的象征，但现在，它的身价一落千丈，成了贫民区的代名词，里面塞满了闲暇时间过于丰富的人。

这种大楼的建造方法真可谓"萝卜快了不洗泥"：每套单元房都是在自动化工厂预先制好的，届时只需用直升机吊运到打好的地基上一层层码放好、固定好，再将各种管道线路连接好，就成了。除了成本很低外，它别无优点。这种租金极低的公寓楼是政府福利制度的产物，好歹也算让街头的无家可归者数量减少到了最低限度。平心而论，政府当局已为广大百姓的生计问题忙得焦头烂额了，也还颇有成效，但这是这个时代的痼症，将来或许会好起来，但身处此时此地的我们除了忍耐别无良策，只能艰难地在生存之河中竭力逆流行走。

回到我那间位于五十二层的狭小公寓里，我也不开灯，就借着从窗口透进来的对面大楼发出的光，坐到了沙发上。墙上映出我头部的影子。

我在认真回忆这一天的经历。在没有灯光、没有音乐、没有笑声、没有饭菜香气的幽暗冷寂之中，白天的记忆一遍又一遍地在我脑中穿行。我希望今夜能收获一个可以出售的梦。

收集梦的仪器就安放在我那张水床旁边。它的工作原理并不复杂，就是将人的大脑的放电方式巨细无遗地扫描下来，然后将这些电脉冲信号转换成数码存贮起来就成了。说白了，这种仪器就是将人在睡眠时的大脑活动完完整整地记录下来；梦，这人类唯一可以反复出入的天堂或地狱，它都可以代为保存。需要重放时，只需通过特殊的信号输入装置将那些数字信号重新转换为电磁脉冲信号输入人的大脑神经网络，就可以故梦重游。因为它的发明，"售梦"这一行就诞生了。

可不要小看了我们这一行，现如今它已称得上是一种支柱产业了，因为现在人们对梦的需求欲很旺盛。一般说来，有什么样的心情就会做什么样的梦，心情郁闷之人做令人压抑的梦，悲哀

之人做伤心欲绝的梦，只有心情愉快的人才可能做美梦。可如今
这年月绝非令人心旷神怡的时代，人们的生活因承受着越来越大
的精神压力而沉重异常，于是美梦成了稀罕的东西。我们提供的
美梦至少能使人们在夜间心情愉快，因而销量一直很可观。人们
都已认识到，美梦确实有益于身心，医学和心理学研究也证明，
好梦存在着很大的情绪鼓舞作用。好梦可以促使大脑脑干中央部
分的网状神经结构的蓝斑分泌出大量的去甲肾上腺素，从而使人
的情绪兴奋舒畅。人体自然分泌的去甲肾上腺素具有强烈的兴奋
作用，不仅可以使神经活动处于积极活跃的状态，而且也可引起
丰富的情绪变化，因而梦可以帮助人们从各种不利情绪中超脱出
来。目前，很难有能取代售梦业的娱乐方式，因为梦中的情绪体
验极为独特。

　　在梦中，人一般很难意识到自己在做梦，因而能无比投入。
时至今日，美梦已成为人们生活中如油盐酱醋一般的必需品，它
所带给人们的乐观情绪是社会稳定的重要保障。很难想象，没有
美梦的世界会是什么样子。

　　当然，有人旱路不走偏要走水路，所以噩梦也有些市场，不
过市场不大，因为有钱人从来都是少数。普通人的生活已不比噩
梦强多少，怎肯再花钱买罪受？莫名其妙、不知所云的怪梦也有
点儿市场，只有平淡无奇的梦没有销路。说到底，要刺激顾客的
脑干分泌出足够的去甲肾上腺素，这是硬指标。

我起身走进狭小的卫生间，打开灯。明亮的灯光刺得我几乎睁不开眼，我赶紧调小亮度，就着昏黄的灯光洗漱起来。

洗漱完毕，眼睛也缓过劲儿来了。我打开房间里的灯，走到书桌前，拿起药瓶开始吃药。干售梦这一行，没点儿手段是不行的，我们都吃些这种、那种的药丸帮助做梦，这是行业传统。从前疯了傻了的人比现在多，不过，我们已从他们身上汲取了经验，用药准确多了。我所吃的药丸是双层结构的，外层为镇静剂，可令我快速入睡；等外层溶释完了，内层才开始溶释，它是一种抑制剂，可抑制脑干中线处的"缝核"细胞分泌释放具有致睡作用的5-羟色胺，从而使大脑活动活跃一些，有利于做梦。至少现在，我还没发现有什么后遗症，至于将来……管他呢，将来再说吧，反正人都是要死的，没有任何东西可以永存于世。

我换上睡衣，上了温控水床。温乎乎的水床柔软至极，让我只觉得全身连皮带肉外加灵魂仿佛全飘浮在空中。我们这种人对睡眠环境是颇为讲究的，不能轻易让外部刺激干扰了我们的造梦作业。

我将扫描仪在头上罩好，仰望天花板，回想着白天的郊游，不一会儿就想到了公园里那个气质不俗的穿西装的女子。我会梦见她吗？在梦中我将怎样与她相遇……

四

第二天起床后，我发现自己已经错过了欣赏火红朝阳的时刻。无所谓，朝阳还会有的，我的时间还有许多。

我一边洗漱，一边将扫描仪收集到的梦境数据输入计算机，计算机里有种程序可将梦境转换为可以看得见的图像。这技术的原理说穿了也不值钱，就是让人先看某种物体，同时使用计算机分析其由视觉产生的脑电反应，再转换成数字，进而转换为点，组成图像，通过仔细对比图像与真实物体的差异来不断修正电脑程序。如此反复揣摩试验，终能编定正确的程序，可自动将人的脑电反应绘成图像。

不过，这种方式只对人的形象思维起作用，对抽象思维就行不通了，并且浮现出的图像很是粗糙，只能勉强看明白其内容，以便供人审评、剪辑、整理。

我只三下五除二地凑合了一顿早饭，将扫描仪端到电脑显示屏前，一边吃，一边观看昨夜我所收获的梦。我并不抱太大的希望。十年了，我已经不是毛头小伙子了，我习惯了失望，失望对我来说是正常的，收获才是意外之喜。我想大多数人都有同感。

果然，昨夜一无所获。所做的梦紊乱不堪，一盘散沙般，有的有头无尾，有的支离破碎，几乎都只是些没意思的片断，连一个脉络清晰的都没有。那个西装女子倒是出现了一次，但也只是一闪而逝。

整个上午我坐在电脑前反复看那些梦，但总觉得没什么意思。临近正午时分，我索性将它们全部删除。就这样，昨天消失了，再无踪影可寻。没什么，它只是一个毫无价值的日子，分文不值。我早就想明白了，人的生命没那么值钱，而且正变得越来越不值钱，所以我不觉得遗憾。

中午，我照常到第六十层的社区食堂吃了份廉价午餐。这种食堂每幢大楼都有十来个，也是政府福利政策的产物，微利保本，亏点儿也无妨。它不遵循利润最大化原则，因为它完全由智能机械管理，只服从政府的命令而不服从于金钱。机器是没有难填的欲壑的，然而一旦落入贪婪的人手中，就会变得无比贪婪。

下午，我在网上四处搜寻以前的老影片和旧小说。切莫以为它们陈旧不堪，事实上现如今绝大部分的人从未看过——如今每年的新信息铺天盖地，人们哪有工夫念旧怀古？

不过我有这工夫。接受的信息越多，越容易做出丰富多彩的梦。我平日将大部分时间都用在阅读、观看这些玩意儿上。经典之作我不常看，我不需要深刻之作，我只需要能刺激我的东西。我有经验，观看暴力、激烈、怪诞的片子后做的梦往往最生动、最富有想象力。十年了，我早锻炼出来了，不管这信息多糟、多令人反胃，我都能全身心投入进去，这并不困难，只需将自己的心训练得非常听话就成了。我从不考虑别的什么，只要做出的梦能卖掉就成。

干售梦这一行，形象思维能力至关重要，必须尽可能细致地将文字在大脑中转换为图像。我一直能做到全身心沉入小说之中，结果往往觉得时间走得飞快。这天下午，我只看了一部旧片子和一本不怎么长的小说，天就快黑了。

于是，我赶紧去食堂吃饭。这就是我的生活，一切围绕着梦转，梦就是一切。对我而言，白天不重要，夜晚才重要；现实不重要，梦才重要。我不在乎生活有没有价值与意义，只要能活着就不错啦！

吃完饭，我再接再厉，努力忍着恶心继续"欣赏"那些文化垃圾。也许在今天夜里，我就能收获一个将小说与旧影片的情节"元素"重组之后的梦。折腾到十一二点，一天就结束了。

五

电话铃响了。

我正在犹豫是否将手头的这个梦删除了事。近来，我运气实在不佳，夜夜落空，连着一个多星期颗粒无收，连个像样的片断也没有，真中了邪了。好像我的判断力也跟着受了连累，这时竟下不了决心删掉这个无甚创意的平庸之梦。

移动电话帮了我的忙。它叫唤到第四遍时，我一狠心下了"毒手"，然后腾出手抓起电话。

"还记得我吗？"一个女子轻若耳语的声音轻触着我的耳膜。

"对不起，您是……"我一时没反应过来。

"医生。"她停顿了一下，"怎么？病好了没有？"

"呃，是你呀……"我心中一动。

"想起来了？"

"当然，印象深刻。"我说，"有什么事？"

"没有什么事，只是想……和你聊一聊。"

"乐意奉陪。"我吸了口气，"不过……"

"现在没有时间？"她似乎已准备迎接失望。

我笑出了声："你上当了，我有时间。在哪儿见面？"

她报出了一间餐厅的名字。

"好，等着我。"

一声叹息传入我耳中："我真不知道能不能治好你的病。"

"你能行的，我不会看错的。再说治不好也没什么，凑合着依然能活下去。别叹气，要有信心。"我说。

"对……你说的没错。我等着你。"

挂断电话，我的心仍在跳动不止。我没想到她真的会给我来电话，这可是很难遇上的好兆头，我不能够放弃，然而……我的心里有点儿乱。

六

"对不起，我来晚了。"我在她对面坐定，"我不太会收拾打扮，费了太多时间。"

"没关系，"她脸上似乎有表情，又似乎没有表情，"时间太多了。"

点完菜，我们开始聊起来。

"嗯……你告诉我，我为什么要给你打电话？你来说说理由？"她望着我说，指甲轻磕桌面。

"啊……我想是这样的。"我舔了舔嘴唇，"因为我们从前曾经相识，经常在学校图书馆幽会，彼此都中意对方，并彼此有了承诺。然而后来你患上了健忘症，于是忘却了承诺，忘却了我。可是在我的不断呼唤之下，你的记忆之光终于再次闪现，于是你尝试着想找回从前。要我说就是这样。"

她笑了笑："你倒蛮会编故事的。"

我也笑了："那是自然，我以此谋生。对了，你是干什么的？"

"我在从事一项非常古老的行当。"她这样回答。

"啊……值得尊敬。"我随口回答。

<h1 style="text-align:center">七</h1>

吃完饭出了餐厅，我们已俨然一对老熟人。席间我们畅所欲言，天上地下、古往今来地谈了许多，尽管我们差不多对所谈的任何一件事都难以施加影响，但看法却出奇地一致。这就足够了，我要的就是这个。相同的看法迅速将我们拉得很近，我已可以和她并肩漫步于大街之上。

我们慢慢地走着。可能是刚才谈得太久，这会儿都默不作声，于是我将注意力放在了别的地方。我看见远处的楼群沐浴着夕阳，橙黄的阳光在它们身上燃烧。壮丽的景观令我胸臆大为开阔，我已好久没在街上散步、没看到过这样的景观了。风穿过她的长发，不知为什么我突然一下子想起了小时候的事：小时候我放学回家时，就经常这么在大街上行走，偶尔买点儿零食，假日快要来临时，我的心情就会无比舒畅……心脏的悸跃令我眼眶发热。

"喂，"她突然用胳膊肘碰了我一下，"陪我去玩玩实感虚拟游戏好吗？"

"嗯，"我回过神来，"可以，没问题……不过我的水平很糟，只怕成不了你的好搭档……"我想起来自己已有好久没玩过这种游戏了，不过小时候，我还曾为它费尽心机地积攒过零用钱呢！

"没关系，有我呢！"她眉毛一扬，满面生辉，"没什么可担心的，这游戏妙就妙在，在它的领域里，失败是件无所谓的事。"

我点了点头，在梦的领域里也是如此。

"来吧，跟着我学，你会喜欢的。"她一把拉住我的手。

于是，我随她来到了一间游乐厅。

游戏情节是老俗套，我们为了完成一项什么使命，必须挥刀扬斧与强壮凶恶的敌兵或怪兽搏战，费心破解复杂的机关，历尽艰辛奋力前进。这是一片简单的天地，我们都有明确的使命，不必茫然亦无须彷徨，自己知道自己该干什么，只管挥刃砍杀。这里没有复杂的生活，也没有什么压力，只要有足够的力量和技巧，你便可在此处游刃有余地应付一切——真是简单，我喜欢这儿。

她果然是个高手，陷阱和机关骗不了她，出招更刺得人眼花缭乱，大部分敌人都被她那柄利剑勾去了魂魄。而我则狼狈不堪，上来三四个敌兵我就手忙脚乱，只得向她大叫救命。完全是她在控制局势，夸张点儿说，我简直是在被她拖着前进。受女人的保护，这感觉我还是头一次体验。

不过很快，我就喜欢上了在这儿当个弱者。她实在棒，较之砍杀虚幻的敌人，看她挥剑战斗更有意思。全身披挂银色盔甲的她，英气逼人，出手流畅华丽，充满美感，令人着迷。我常常因为只顾看她杀敌而被敌人砍得鲜血淋漓……不过，这也不要紧，继续付钱就行了，在这个地方，只要肯付钱，时间可以倒流，死者可以复生，真正是金钱万能。

很快，我惊异地发现，她似乎与那些虚幻的敌人有着不共戴天之仇。一场战斗打完，她总是要余兴未尽地咬牙咆哮着扑上去，举剑冲着敌兵的"尸体"乱捅一气。后来，我们冲进敌方老巢，大费一番周折将那大头目剁翻在地，她高兴地大叫着冲上去挥剑将他碎尸万段，那场面看得我张口结舌。

"真痛快！"出来之后，她深深吸了一口在夜色中的清凉空气，高兴地说，"好久没这么胡闹过了，真是快活……喂，谢谢你了，谢谢你陪着我这么胡闹。"

"不用客气，我也有同感。"我也深深吸着气，从未发觉夜晚的空气会是这么清新，"我也感到很痛快。有些日子没这感觉啦！"

"那好，改天咱们再好好玩它一场？"她望着我笑着说。

"当然可以。"我说，"不过，你刚才可够吓人的，干吗下手那么狠？死了你也不放过？"

"解气呗！"她随口说，"我玩游戏就图个痛快解气，若在游戏里还不能随心所欲，非憋出毛病来不可，日子简直熬不过去了。"

"还是你聪明。"我夸赞道。不过，我不知道是什么样的压力把斯文的她弄得内心充满了腾腾杀气。看来我过得还不算太坏。

"要我送你回去吗？现在很晚了。"我望着她小心地说。

"谢谢了。"她微微一笑，轻轻摇了摇头，"不必为我担心。

嗨……小意思。"

我怅然若失地望着她的身影消融于夜色之中，心中突感一阵空荡。转身回行的时候，我认真地回忆，回忆这奇妙的一天。

八

移动电话又在叫唤了。

我愉快地放下手头的美梦，抓起电话。

"喂，今天有空吗？"

"当然有。"我说。

"我是说整整一天。"

"一天？喂喂喂，你又要到哪儿去？"这两个多月下来，我发现她实在是个贪玩的女子，拖着我满城到处玩。我们到从未去过的街区散过步，在城市另一头的高楼之顶喝着啤酒，观赏过迥然不同的都市夜景，在陌生的社区小公园聊过天……若不是遇见她，我想这些地方我只怕一辈子也不会去，更没有如此的兴致来享受它们。这两个多月来，世界似乎悄然发生了一些改变，阳光的强度、风的气息、时间的流速，乃至温度、声音、重力，都与往日的体验不同。我果然没有看错。

"我想到咱们头一次见面的地方去玩一趟，和你一起。我已经在城里逛腻了。你说呢？"

"可以可以，随你，你想去就去吧！再说我也不讨厌去郊外玩。"

"那就这么说定了，我在老地方等你。"

声音消失了。我起身一边用自动剃须刀剃胡子，一边将工作设备收拾起来。近来，我已可以不必再为工作而烦心了，这两个多月来，我接二连三地收获了不少美梦，每天都忙得不亦乐乎，小说和垃圾电影几乎不看了，光是观看整理夜间收获的梦就够一天忙的了。这段日子，我的创作力比二十三岁那年还要旺盛。当然，她的邀请我一定不能拒绝，再忙也得抽出时间陪她去玩。我在心中很是感激她，真的十分感激。但是我爱她吗？不知道，真的不知道……

尽管两个多月下来我已对她的喜好和年龄了如指掌，但我仍没有能够深入了解她。我至今不知她姓甚名谁，住在何处，有何亲友，到底以何谋生求存。她不说，我也不问。她对我的了解程度也是如此，我们似乎都在小心地保护着彼此的秘密。我不知道她是因为什么而这样，反正我的原因我永远也不会向别人诉说。

收拾停当，我穿好衣服，梳了梳头，开门乘电梯下楼，走出了这个巨大冷漠的立体容器。

九

"鸽子哟，吃吧吃吧，尽情地吃吧，别客气。"她像个小女孩似的"咯咯"笑着，将手中的爆米花一粒一粒地抛给在草坪上一摇一摆地踱着步、嘴里发出"咕咕"叫声的鸽子们。今天她穿着一件浅蓝色的短袖收腰连衣裙，耳环和项链也没戴，头上却多出个银闪闪的大发卡，所以今天她给我的印象与往日不同，让我觉得她活泼又可爱。

她又抓了一把爆玉米花。她和我不同，我是抓一把一下子全撒出去，而她却是一颗一颗慢慢地抛给鸽子们。得到了食物的鸽子埋头专注地啄食着，喙里空空者则有礼貌地耐心等待着。真是有风度的生物，我想，比人类优秀多了。

我放松全身靠在椅背上，遥视远方，却并未观赏什么，我的心情舒畅极了，仿佛有股温泉在胸腹间流淌，真是享受。我闭目贪婪地品赏着，我知道现在每一秒钟都极为珍贵。

当我睁开双眼时，我发现她的双眸凝滞，正望着鸽子在发呆。

我轻轻拍了拍她的手肘："在想什么呢？"

"我在想……我妈妈。"她回答，眼眸依旧一动不动，"她对我……真太好了，她是这个世界上与我最亲的人……"她的声音仿佛来自很遥远的一个什么地方。

"你什么时候带我去拜访拜访她老人家吧！"我说。

"她死了。"她的声音一下子回到我身边。

"对不起，我……"我手足无措地道着歉。

"没什么……死并不比活着可怕多少……我只是在想，人死了有没有灵魂。喂，"她转头望着我，"你相信灵魂的存在吗？"

"很难说啊！"我轻叹一声，"不过，如果真有灵魂存在，我将会高兴地去死，因为那样我就有投胎转世再次选择的机会，就不必等待别人来选择我了。多好啊！"

"可我觉得……妈妈最好别去投胎，现在做人很难啊！"她将目光从我脸上移到鸽子身上，"做只鸽子多好。"鸽子们优雅地边走边点着头，脖子上的肉水波一般抖动着，似乎对她的观点大为赞同。

我默默地看着草地上无忧无虑的鸽子们。

"我想她在那边会过得很不错，至少，比我要好……"过了一会儿，她轻声说。

又沉默了一会儿，她问我道："你知道在这个世界里我最喜欢的是什么吗？除了我妈妈以外。"

我心灵一动，不由自主地激动起来。"我不知道，是……什么？"我期待着。

"是梦啊！"她说。

我的心脏猛一收缩。

"梦就是自我的体现……"她喃喃自语,"这个美好的世界只是属于我自己的,它永远不会离开我。难以相信我身体里还有这么美的东西……人生还有救,因为我还拥有它……我真想生活在那个变幻无常的伊甸园里……"

我无言以对。

她也不再自语。

我们一动也不动地坐在长椅上,静谧笼罩着我们,安宁包围着我们,草香一点点地沁入我们体内。这时我觉得,还是活着好。

太阳一点一点地坠落,空气一丝一丝地变红。

突然,她将头靠到了我的肩上。

"抱着我。"她轻声说。

我大感意外,手足无措。

"冷。"她说,"我冷。"

"这才进九月份嘛……"我说。

"可我就是冷嘛……抱着我,好吗?"

于是,我伸出手臂揽住了她。这是我第一次拥抱她,我心中一阵发颤,手也在抖动。

"哎,知道吗?"她仰起头对我说,"那天我第一眼看见你时,我就觉得你是个值得我信任、接近的人。你和我交谈时,我心里一点儿也不感到紧张,就好像在和一个多年的知心好友谈话,完全没有陌生感和防备之心。也不知道为什么,反正觉得和你可以畅所欲言，不用有什么顾忌。奇怪吧？对了，你呢？你见到我时在想些什么，嗯？”

"我吗？我当时在想……人生可真是灰暗，真是不公平，为什么我就没有这么漂亮的女朋友呢？也许我一辈子都不可能拥有这么美的妻子。"我觉得我照实说了。

她笑出了声。

我们抱得更紧了。

"现在我感觉到了。"她轻声地说。

"感到了什么？"我问。

她没有回答，只将我搂得更紧。

我默然无言地抚摸着她柔润的长发。

十

回到城里，天空已透出夜晚的颜色，我和她依然相互依偎着在街道上行走。空气中仲秋时节傍晚的气息令人怦然心动。我们慢慢地走着，我觉得每一步都如踏在波浪之上。

"喂，带我去你家坐坐。"她轻声在我耳边说。

这是她头一次要去我的家，在这样的时刻、这样的境况下，我无法拒绝她。

于是，我搂着她向我所居住的那条"巨鱼"走去。

走进我那小盒子般的家，屋内光线甚暗，我正欲开灯，她却予以制止："别开灯。"

于是，我作罢。

她坐到了我的沙发上，我则坐到了床沿上。她坐下后就一言不发，我也只好沉默。

我们就这样在黑暗中沉默地木然端坐，对面大楼身上的灯光将我俩的身影映在墙上。

房间里没有一点儿声音。

这房子虽然简陋，隔音效果却并不差，沉默犹如永远不会融化的巨大冰块，塞满了整间房子，擦面而过的时间都因此显得冰冷冷的。

突然，一种声音传入我耳中，这声音轻微得如同从冰块间的缝隙渗过来一般。我仔细倾听，听出是抽泣之声。是她在哭泣。

她像个小姑娘似的抽抽搭搭地哭泣着，间或夹杂着"妈妈"的低声呼唤。她的身体随着抽泣声一下一下地抽动着，头上的发卡也随之一闪一闪。

我没有去打扰她的哭泣。我知道她为什么而哭泣，至少我自认为我知道。

哭泣声在房间里回荡。

过了几分钟，我起身坐到她的身边，伸出左臂搂住她的双肩，用右手手指为她拭去颊上的泪水。我从未想到，泪水竟会是这么的冰凉。她的身体在我怀中像一只小动物似的颤抖着，我感到我的心正在融化。

十一

梦公司的大厅宽敞而明亮，装潢简洁明快，只是寂静经常会被来往的人的脚步声和等待者揿动打火机的声音所打断，这些平时总被忽视的声音此刻显得分外响亮。我歪靠在沙发里，仰头向天花板发出一声轻微的叹息。我在等待。

三天前，我从这三个月来收获的梦中仔细整理挑选出了三个美梦，将它们的数据送到了梦公司。如果能卖掉，它们就会被成批制成一次性光碟片，向广大市民出售。由于一次性梦境碟片的价格低得只及上几次公共厕所，所以这种碟片如今变得像口香糖一样无所不在。价格虽低，但由于销售量大，利润还是相当不错的，所以一个梦的收购价也算可观。销量超过法定数量的梦，创作者还可以提成。单从这点来看，售梦这碗饭蛮有吃头，但实际上只有很少的人能长期以此为业，因为许多人最终难以适应造梦生活，遵循不了造梦的规律。

今天是听取梦公司审评结果的日子，也是我心情最忐忑、情绪最为不安的日子。从某种程度上来讲，今天听取的结果将决定我能否继续生存，以及前一段日子是否有价值。坐在沙发上的我，总是觉得呼吸不畅，这间大厅里的空气似乎来自另一个星球，十年来总是不能令我完全适应，时间更如铅块一般沉重。

终于等到接待台后面那个短发女秘书叫我的名字了。我缓缓站起身来，膝关节"啪"地发出一声轻响。

我在古代帝王墓室般的公司走廊里行走，鞋跟在光滑的天然大理石地板上发出清晰的咔咔声。我在向受审台走去，一会儿之后，财富将宣判我人生的一部分是否有价值。

在收购部经理办公室坐定之后，我又一次看到了经理的迷人微笑。这是一个目光和善的老人，和我一样也总能给人以值得信赖之感。

"怎么样？满意吗？"合作都十年了，我也不跟他客套了，直奔主题。

"还不错，这三个梦我都买了。"他微笑着说。

我长出了一口气，心脏重重地落回了胸腔，弹跳不止，颤得我头晕。好了，我可以继续生存下去了，我的那一部分人生是有价值的，它已换来了财富。空气又换成了地球的特产。

我接过他递来的支票，看了一眼，那上面的数目令我感动。梦公司的收购价浮动性很大，原则上是以质论价，从那数目上来看，我的梦质量还属上乘。

"这三个梦确实是很感人很美妙的优秀的梦。"他证实了这一点，"不过，有一点儿不足，为什么这三个梦的内容都是爱情？"他的微笑瞬间失踪。

我认真洗耳恭听，不打算申辩什么。我知道他的观点一向切中我的要害，听他的不会错，我一向是他怎么说、我怎么改。

"我很欣赏你，年轻人。"他轻轻指了指我，"你是我们的重点签约供应者，产量与质量一向不俗，这很难得。我个人亦十分喜欢你，所以我不得不……怎么说呢，我知道干这一行很不易，真的很不易，但是任何事情都不可能是不必付出就能成功的，自古如此，谁也没有办法。只要还想干这一行，那你就只有遵循这一行的规律，你必须……要像煮肉熬肥一样去掉一些自己的东西。你明白我的意思吗？"他望着我的双眼。

我心领神会。

十二

音乐在咖啡厅里飘荡。我是从不喝咖啡的，所以我要了杯果汁。

那杯果汁安静地立在桌上，耐心地等待着我来享用。然而我的注意力根本不在它身上，我在思考。

我一动不动地盯着窗外，思考着。音乐和窗外的景致都如穿堂风一般穿过我的意识，飞向时间的深渊，连一点儿影子也没在我脑中留下。我思考得太认真了。

整个下午，我都在思考。

十三

搬家只花了半天时间。

我没费什么事地在网上就找到了条件合适的换房者，相互看过房子后，我们一拍即合。

官方手续办妥，给搬家公司挂了个电话，一个下午就完事了。

这哥们儿的房间布局确实和我的一模一样，但是陌生感怎么也挥之不去，甚至连空气中似乎也有一股陌生的气味。这感觉令我心神不宁。我茫然地坐在沙发上，什么事都不想干，也不想动。我原先那房子住了有五年多了，多少有了些感情，我还需要点儿时间来接受它已离我而去的现实。不过我相信用不了多长时间的，我毕竟不是孩子了——童年时我会为一件心爱玩具的丢失而大哭一场，但现在我已经长大了，早已经成熟，早已经学会了该割舍的时候就果断地一刀两断。

黄昏已近，是吃晚饭的时候了，但是我的胃没有一点儿感觉。

我鞋也没脱，摊开四肢仰卧在我的那张温控水床上，双眼定定地望着天花板。这房间的天花板和我原来房间的天花板相比，颜色略新一些，看来换房的那哥们儿大概喜欢在天花板上贴些什么图片，我可没这爱好。

天花板看腻了，我就把目光移到了床对面的墙上。对面的大楼比我居住的楼层矮，所以阳光得以从窗口射入屋内。明媚的阳光令我很不习惯，我一动不动地静待时间一点点流走。

对面墙上的光的图案在悄然变化，屋内的光线在一点点消失。我等待着黑夜的降临。

我的移动电话响了，骤然响起的声音在寂静的房间里显得格外响亮。

我的身躯抖动了一下，但只是一下。我知道只有一个人会在此时给我打来电话，但现在这已经没有意义了。

铃声继续响着。我一动不动地躺着，不去理它，然而这铃声固执地持续响个不停。

两分钟过去了，铃声还在鸣响，这时我感到这铃声简直如冰凉的湖水一般注满了我这间小小的蜗牛壳。我像一个溺水者，闭上双眼，屏住呼吸，竭力想把它挡在我的体外。这时的我，没有呼吸，没有话语，没有思想，只有心脏在轻轻跳动。

铃声不知疲倦地叩击我的耳膜，但这没有用，我不会去接电话的。我相信自己的选择，我有这个自信。

猛然间，铃声犹如被铁棍粗暴地猛力打断一般戛然中断，沉寂当即收复了全部失地。

我徐徐吐出肺里的空气，静卧良久，叹息一声睁开了双眼，只见黑暗已占领了我的新家。

这是永别吗？很有可能。我不知道她的姓名，不知道她的住处，不知道她的电话号码，我无法与她取得联系。而我搬家之后，她也无法再找到我——我嘱咐过换房的哥们儿，绝对不能透露我的新地址，就连这电话号码，我也已申请更换。不久之后，我们之间这唯一的联系也将中断，今生今世，我们怕再难相见了。

我是故意要离开她的。从我第一眼看见她的那一刻起，我就预料到会有今天的这个结局。是的，一开头我就知道了。个中原因我永远也不会向别人诉说，那就是：除了钱之外，我不会让自己得到任何自己想要的东西。因为我是一个售梦者，我是以我的梦来保证自己能够在这个世界上生存的。

梦，在很大程度上来说，就是愿望的达成。从心理学的角度来讲，梦总是由一定的现实需要和自然需要所引起的。因此，可以这么说，如果没有需要、没有愿望的话，那么也就没有梦了。由此之故，只要我还售一天梦，我就一天不能让自己除了生存之外的任何愿望与需要得到真正的满足！

这就是我们售梦者的生活。我们是一群永远生活在渴望之下的人，体内的饥渴感就是我们创作的源泉。

我决不能毫无节制地和她这么爱下去。一旦我对爱情的感觉麻木了，恐怕我就做不出有关爱情的梦了，这损失可非同小可。而且说不定，生活中没有了浪漫，我连一切美梦都做不出了——我可不能让生活的琐碎和无奈束缚住自己的心。我不知道一个女人的进入会使我的生活发生何种变化，十年的售梦经验使我明白，我一直以来所过的生活就是最适合造梦的生活，我不可以轻易改变我的生活方式。这三个月来我收获的梦全是爱情内容的，不能再这样下去了，经理已向我发出了警告，所以我必须适可而止。

　　然而我是不会忘了她的。是她使我的爱欲不至于枯死，使我心中那沉睡已久的对爱情的感受力增强了很多，我也因此而收获了十三个爱情美梦。我将一次一个地把剩下的十个爱情美梦掺在其他内容的梦里分几年推销出，至少近两三年我不必太为生存着急。这是她给我的，我感激她，我会永远在心中为她保留一个位置，决不出售。

　　从窗外渗进来的对面大楼的灯光几乎可以忽略不计，街上的灯光也无力飘升至我这一层楼，加之今天没有月光，屋里是彻头彻尾的黑暗。我睁眼盯着黑暗的虚无，似乎看到她就坐在她那不知位于何处的家中，坐在她的移动电话旁。我可以清晰地看到她头上银闪闪的发卡，我甚至感觉到了她心脏的跳动。

　　她是个好姑娘，只是太天真了，她认为梦是不可剥夺的，认为自我是不可剥夺的。她错了。梦确实是自我的体现，它甚至包括了人在清醒时所没有的无意识的自我部分特点。所以梦的真正创造者，是人的潜意识，是人的思维的主体性，是人的心。这正是机器目前所没有的、目前还没法取代人的方面，情感现在还是一种稀缺资源。然而我不能确定这种状况还能持续多久，所以我必须抓紧时间尽可能地将我的自我一点一点地掰下来卖出去，将我的心一片一片地削下来卖出去，将我的情感一丝一丝地抽出来卖出去。我只有这些东西可卖，除此之外我一无所有。只要有可能，我将一直卖下去、卖下去，直到我认为自己可以安然无恙地走入坟墓为止。活着是天经地义的，虽然世上没有任何东西是可以永存于世的，我仍要竭力生存、生存……要活下去，不那么容易的……

她比我要幸运，我的顾客们比我幸运，对他们来说，梦是最后的一处世外桃源，他们可以在梦中找到自己想要的一切。可对于我来说，梦是我工作的地方，不是逃避的场所，也就是说，在这个世界上，我已无处可逃。

不！我不需要逃避！我早已不是孩子了，我要全力肩负起生存的重担。我无法选择时代，只能在其间生活，我还不想从摩天大楼上跳下去。我要直面这个世界，勇敢地为我的继续生存付出相应的代价。我的对手，是高度发达的人工智能信息制造产业，它生产的影片、读物、游戏、音乐均极为诱人，与它对抗竞争，我必须付出相当大的代价才能保住一席之地。但是我不在乎，为了生存，我不在乎付出任何代价。如果我的这种生存原则不幸伤害了谁，那我只能说"很抱歉"。是的，很抱歉……没有办法，我们售梦者都是孤星入命的人。我的职业决定了我的生存原则，我的生存原则决定了我的选择，决定了今天的这个结局。

我在寂静和黑暗中一动不动地仰躺着，我能感到悲哀的感觉在我体内流淌。它在我的胸腔、腹腔和四肢里缓缓流动着，无声，轻缓，冰凉。我不会动用精力去压抑它，因为我要利用它。悲哀也是一种情感，它也是可以卖钱的。作为售梦者，必须学会利用心灵的每一丝颤抖、每一次抽搐。

我闭上双眼，慢慢感受着体内的悲哀。我感觉到这悲哀正在我体内缓缓翻滚、酝酿，一点一点地生长。我当然不会哭泣，我早已在自己颈上勒上了一条看不见的锁链，悲哀是流不进我的大脑的。我不会将能量浪费在无用的哭泣上。但是，当我今夜入睡之后，这条无形的锁链就会松动，那时悲哀就会流进我的大脑，侵入我的梦境，而这正是我所需要的。

十四

我这是在哪儿？

我费力地抬起头，在迎面劲吹的风中使劲儿睁开双眼，向前方望去。

　　两岸的峭壁如同两道平行的高墙，从远方的雪雾之中不断延伸出来。天空中，阴沉沉的浓云覆盖了一切，纷纷扬扬的霰雪使得天地间苍茫一片，我看不见远方究竟有些什么。

　　我低头向下俯视，汹涌的江水咆哮奔流，向我身后疯狂冲去。我扭头左右顾盼，看见了正在扇动的白色翅膀。我很吃惊，张开嘴大声呼叫，听到的却是酷似鸽鸣的"咕——咕——"声。恐慌涌上心头，我拼命用力挣扎，但翅膀扇动得更快了，鸽鸣声在峡江里反复回荡，没有任何生物回应我的鸣叫。

　　我是什么？我这是在哪儿？我为什么要不停地飞翔？为什么天地间只我孤单单一个？我有同类吗？我肩负着什么使命？前方有终点吗？……这些问题我不得而知，但又不能停下来思考，如果掉进江里，我必死无疑。

　　我累极了，双肩酸痛无比，肺叶仿佛正在向外沁血，喉咙干涩冰凉，但前方依然一片迷茫。两岸峭壁之上看不见有任何可供落脚之处，光滑的石壁宛如黑沉沉的铁板。头顶雪云低垂，与峭壁相连，我仿佛是在一个前无尽头、后无起点的矩形盒子里飞行，不容我停顿和退出。

　　于是，我鼓起勇气奋力展翅，继续迎风搏击长空。然而勇气的能量不一会儿便消耗殆尽，疲劳毫不留情地在身体里越堆越厚，我不知道自己还可以飞多久。望着苍茫的天地、纷飞的霰雪、汹涌的江水、黑沉沉的峭壁以及锥刺心灵的孤独，我大声悲鸣，想问一问这一切究竟是为了什么，然而我听见的只有"咕——咕——"的回声，于是我只好拼命飞行、飞行……一旦停顿下来，便是冰雪般冷酷的死亡。我感到悲哀，为自身这一存在而悲哀。

突然，我心中冒出一个念头：这是在梦中吗？

对了对了，是梦！是梦！太好了，我又收获了一个梦！这个梦里没有爱情，而且应该可以算是噩梦，看来我已从爱情的陷阱之中挣脱。嗯……这个梦能卖掉吗？能卖多少钱呢？……

来看天堂 / 刘维佳

失去了一半生存价值的世界

███████████████████████████████████

血红的太阳无可挽回地一点点向着地平线坠落，仿佛地球的引力一般无法抗拒，光明也跟随着它一点点离我而去。而黑暗则如同地下水一样悄无声息却又势不可当地从地层深处涌出，开始淹没这天堂。

街上的路灯还没有亮，下面的街景就已看不清了，于是我将目光移向了空中，追捕大气中残存的光粒子，徒然地尝试逃避黑夜的必然到来。

我所居住的楼层实在不低，所以视界还算开阔，目光可以从如林的高楼间挤过去，观看到日落的全过程，这使观看日落成了我人生的一项重要内容，我已经在这个窗口这个角度观看了好多年日落了，我不明白我怎么总是看不厌。

"皮特，要开灯吗？"柔美的声音犹如温泉一般淌入我耳中，我的听觉神经因之产生了一阵愉快的共振，情绪也不得不向良性方向靠近了一点。那是伊琳，我的天使。她的声音真是太好听了，一年前我还以为珍妮的声音是世界上最好听的呢……

我完全可以不必回答的，因为她知道我一向的选择，她这样问我只是为了表达对我的关心和爱意，这是她的使命，不然她就没有存在的必要了。虽则如此，我还是像从前一样不由自主地用我最温柔的声调回答："不用，亲爱的，不用开灯，我想就这么再坐会儿。"她的声音总是能激起我的爱意，而我的声音于她如何呢？我一直不得而知。

屋子里已经暗到让我眯起双眼才能勉强看清室内陈设的地步，对面大楼的众多窗口大多已被灯光填满，可我仍然不想开灯。因为我总觉得一开灯世界就仿佛缩小为就这么两间斗室似的，而窗外则是宇宙的尽头，无意义的虚无……这种感觉令我害怕。

所以我一向不开灯，毫不设防地任凭外界的一切光芒涌进我这狭小的蜗牛壳。不论什么光，月光也好，居室照明灯光也好，云层反射的全息广告也好，高楼之顶的装饰灯也好，我都来者不拒。因为只有这样，我才能获得世界尚在的感觉。

伊琳在厨房忙碌的声音传入我的耳中。对她而言黑夜与白天没有多大区别，凭着那双微光夜视眼，就算把她扔在芬兰荒原上，她也能顺利应付那 6 个月的黑暗。

紧接着饭菜的香味轻轻飘了过来。一时间我体内的电化学反应又有些不平衡了。说不清为什么，反正我在苍茫暮色之中一闻到饭菜尚未做熟的香味，心绪就莫名其妙地激动起来，就好像小时候常去的那个幻想世界的影子依稀重现一般。也许这种香味就是生活本身的气息吧，所以我从来不吃那种统一定制的快餐，而要伊琳给我做饭，尽管这给我增添了一笔额外的开支，占用了不少我的政府年度福利补贴。

"皮特，吃饭吧，凉了再热菜就不好吃了呀。"伊琳轻盈盈走到我身边，将她那温软的小手放在我的肩上，用她那对我而言有魔力的柔美声音说道。

3秒钟后我顺从地站了起来。夕阳终将落山，逝去的时光已永远不会回来了，我总不能在此永远坐下去。伊琳打开了灯。

饭菜一如往常一样可口……不，应该说是胜过往常。看来伊琳已尽了最大的努力，她显然动用了她在烹饪方面的全部潜力。她知道明天对我有多么重要。

我吃饭时伊琳的嘴也没闲着。她用不着吃饭，不然我还真有点负担不起，她在陪我。她表情丰富地用她好听的嗓音给我讲述各种各样的信息，大至太阳系的最新变化，小至社区居民的鸡毛蒜皮，无奇不有。她们每天只需抽出几分钟时间从网上汲取信息，就足够陪我们聊上一天了，不管我们何时有兴致，她们随时可以奉陪。她们就是这样竭力为我们构织生活的幻象。

我心不在焉地似听非听，时而不置可否地"唔"一声，最多回一句"是吗"，那些信息与我并没有多大关系，虽然伊琳尽可能地挑发生在我附近的事讲，可对我而言，它们与发生在火星上的事又有何不同呢？那些信息中不乏奇妙之事，它们编织出了一幅看上去五彩缤纷的图画，但并不能真正吸引我，这并不是生活，这我知道。

突然，我发觉伊琳动听的声音消失了。我有些愕然地抬起头，看见她目不转睛地注视着我，水汪汪的大眼睛里失望、不解和伤心的神色在荡漾闪烁。"皮特，你怎么啦？我的饭做得不好吃吗？"她声音发颤，听上去真有点像风铃的声音。

"没有啊……你做得比以前更好吃。"我如实回答。事实确实如此。

"那你为什么不高兴？肯定是我做错了什么……"她的眼中流出哀怨之色。

凭以往的经验，我知道自己得配合她，不要自找烦恼。顺着她的引导往下走，我的情绪定能向着良性方向发展。她就有这本事，现在我如果没有她，都不知道该怎么调整自己的情绪和心态了。

于是我顺着她往下走："不，你没有做错什么。是我，我明天……"我欲言又止。

"不会有事的。"她认真地说，"我相信你一定可以通过测试的，一定！我相信……"这时她的双眼垂了下去，似乎有什么很沉重的东西压在了她的……中枢电脑上。

我知道那是什么东西。我认真地盯着她看，她这时的样子真是楚楚可怜。我突然很可怜她，心中清晰地感觉到一股发热的液体在涌动。于是我伸出双手握住了她温软的右手。

这时她的手在颤抖，我的心也在颤抖，我们不说话，但心在交流，至少我感觉在交流。她总是能有效地调动我心中连我自己也不能自如运用的情感，总是能将我一潭死水般的心灵掀起波澜，就好像永动机模型背后的那只看不见的手一样。我的心因而被不断注入了活力，没有归于死寂的怀抱。究竟是什么在起作用呢？我不知道。

眼下我心中的情感浪潮越来越猛烈。我有些吃惊，今天确实与往日不同。我的双手越来越用力，火热的情感使我不能再沉默下去了。"你不要担心。"我对她说，"如果我通过了，我就有机会变得很有钱的，而我有钱后的第一件事，就是买下你的所有权，这样谁也不能让你离开我了。"我凑近她的脸，望着她的眼睛轻声说，"相信我。"

她的手指在我的脸上缓缓游动，我只觉得她的手指比嘴唇还要柔软。少顷她轻轻依入我的怀抱，却什么也不说。难道她真的被我的誓言所感动？我心中感到一阵尖锐的刺痛。她是世界上最单纯的存在，我要她相信我她就一定会相信的，可我却不能相信我自己……

她柔软温暖且在微微颤抖的身体令我想起了小时候与我相伴了两年的那只小猫。我是那么爱它，可我最终失去了它，从此我不再相信任何我所爱的东西能永远为我所拥有，可此刻我却下意识地搂紧了怀中的她。

"皮特，"她在我耳边轻声说，"等你……老了的时候，我也要永久性地切断我的电源，陪着你走……"

我觉得我的心脏里正在发生着剧烈的化学反应，我不知道那些情感具体都有些什么成分，反正它们之间的反应释放出可怕的高热，令我五内俱焚。我用脸颊使劲摩擦她的长发，克制着不让自己哭泣。

她那姣好的鼻尖在我的耳下探来探去，轻轻地吻着我的脖颈，真是恰到好处，我现在正需要这个。她总是能非常及时地提供我所需要的东西，这正是她们美妙的地方，也是她们存在的理由。

这一次伊琳的动作非常轻缓非常温柔，但其中充盈着近乎激情般的高度浓缩的柔情蜜意，如同一台高级吸尘器一般，将我体内的一切妨碍我情绪良性发展的不利因素统统吸吮掉了。

她是怎么知道我的各种需要，又是怎么恰如其分地把握的呢？我对她体内的复杂结构一无所知，而我这辈子怕也不可能了解了，她复杂到根本不需要我了解的地步。她用不着我去适应，她就像烟，就像水，可以任意包容我，从容地将我引导至至少心平气和的状态。

眼下我就进入了这种状态，心中一片宁静清明，没有了烦恼和杂念。这正是我目前必须达到的状态，她真好。尽管她根本不需要睡眠，但她还是在我的怀里甜甜地睡着。怀抱着熟睡的她实在惬意，她香甜的呼吸使我的脸颊变得温暖而湿润，我全身酥软，意识就在这有节奏的催眠曲中不知不觉地被温润的睡意所淹没……

清晨的阳光显得比往日更为明媚，从窗口射进来的阳光将室内的一切都罩上了一层光晕，就好像太阳的聚变速度一夜之间加快了似的，空气似乎都因此变得热乎乎的了。这是我所发现的外部世界的变化。

而我自己身体的变化也不小。伊琳做的早餐绝对是上乘之作，但我却几乎什么也塞不进胃里；我的腿部肌肉的张弛也出现了障碍，搞得我迈步都很困难；呼吸也很不自然。我的心情在伊琳的帮助下好歹还算保持住了稳定，但我实在无法控制生理上的这些本能反应，即使出门前伊琳给予我的人类的现实世界中几乎不可能存在的微笑和吻也无能为力。

当公寓门合上时的轻微咔嚓声消失之际，我猛然地感到心中一阵虚弱和恐慌正在涌起，空荡荡的走廊里我意识到自己是何等的孤苦无依。我倚在墙上，喘息着。也许应该让伊琳陪我去接受上帝的挑选，我对自己说。我想不到她对我竟这么重要，以至于离开她我自己竟支持不住了……

然而最终我还是决定独自前往。她也并不能帮助我成功通过测试，至多只能帮助我稳定情绪，可测试与情绪并无什么关系。我努力理顺呼吸，终于迈开了发僵的双腿。孤独的脚步声在走廊里响起，她帮不了我，谁也帮不了我……

从我所居住的楼层往下走一层就有空中巴士站，所以我就依靠此刻已不太灵便的双腿顺楼梯走了下去，来到了颇似老式科幻片中宇宙航天港船坞的巴士站。

明暗分明的巴士站站台已有五六个人等在那儿了，我在其中还发现了一个熟人——住在我楼上的莱切尔。

她也看见了我，随即向我投来一个甜美但并非完美无缺的微笑。和伊琳相处久了，我变得可以轻易将人类女性的缺陷信手指出。我至今还没有遇见一个可以与伊琳相媲美的人类女性。莱切尔的鼻子有点欠完美，眼角也稍稍有点斜，个子也似乎高了一点，不过总体上来说仍不失为一个好看的女人。我和她是一年前在顶楼的大舞厅里相识的，总共三次同床云雨。总的说来我没有多大感觉，完全不能和伊琳共枕时的感觉相提并论，和我睡过的人类女性没有一个能像伊琳那样随意摆布我的三魂七魄，轻易牵引我的心情到达理想之境界。

相互打过招呼，我们相距半米，顺理成章地开始聊了起来。她显得有点拘谨，我的表现也不自然。不要太紧张，我对自己说。

没过一会儿，我们之间就又归于沉寂。我们彼此的人生皆空空如也，又能交换多少信息呢？她沉默地注视着我的脸，那目光似乎欲将我的头颅穿透一般。在我印象中她从未这样看过我，因此我颇有些诧异和不自在，她想要看见什么呢？我看到她的眸子如两泓秋水，但并非如伊琳那样澄明得令人不敢触及。我不知道她想对我说什么，但我知道她有话要说，这我看得出来。

巴士到了。

"快上去吧。"她握住我的手捏了捏，"祝你好运，皮特。"她轻声说。我感觉到她的手在微微抖动。

当她在我的视线里消失之前，她一直在注视着我和这辆巴士。我认为她想要说的不是我所听到的话。她到底想说什么呢？琢磨了 15 秒钟未得其解，我就将它扔在一边不去想了。

她祝我好运……祝我什么好运？看来她知道此刻我将要去干什么。一丝不快涌上我的心头。接受测试在我们这儿是个忌讳，大家一般都回避此事，这女子……人的毛病就是多啊，伊琳就从不会让我产生不快的感觉。

窗外的景致在不断变换，我的肉体在林立的高楼间飞鸟一般穿行，可我的思维却完全置身事外，毫不理会近千米的时速，我在沉思。

难道非这样不可吗？为什么每年都必须经历这么一天？这问题我知道答案，可我仍然要问。因为我的内心深处有一股怨气在冲撞，平常我可以忽视它的存在，但今天不行。除非今天我成功通过测试，这样的日子和已经延续了九年的空空如也的人生才会离我而去，我才能从天堂里走出来。

我一直生活在天堂之中，真的是天堂。我从未为社会创造过一丁点儿财富，也从未付出过劳动时间，可我从来衣食无虑，公寓虽小但还过得去，更重要的是我拥有极其美妙的伊琳……据我所知从前人们坚信这样的生活只应天上有。

可如今世界上大多数人都在这么生活。我并非什么不凡之辈，所过的只是普通的生活。过去的人总认为天堂不会降临人间，他们错了。任何社会都有弱势群体，事实上人类文明之所以能出现，某种程度上就是得益于对弱势群体的剥削。在那种时代，弱势群体等同鱼肉，自然无人相信天堂的存在，强者弱者都不信。而我们的时代非常文明，它已进化到了不费多大力气便可令天堂为我们而降临人间。也没什么可奇怪的；人类手中掌握的资源多了而已，用在我们这些无所事事的弱势群体身上的资源已算不了什么了；并且文明的发展早已过了依赖剥削弱者的阶段——不过这也就是说经济的发展已不再需要弱势群体的存在。当然不能不理弱者的死活，人道主义是一方面，更大程度上仍是出于对利与弊的理性权衡：与其置之不理最终闹出事来，还不如供其生存无忧以保社会稳定，于是天堂就这么出现了。由于天堂里流动的资源和能量只占人类手中资源与能量总数微乎其微的一小部分，因而人类容忍了天堂的存在。从前的圣哲认定人道与天道相悖，他们太悲观了。现在事实证明，天人可以合一。现在损不足而奉有余已没有必要，损有余而补不足以保持社会稳定显得更加重要，因为这"有余"所被损的程度相对而言微乎其微。从前掌握生产资料者是消费者，这个错误现在改正了，有生产资料者才是生产者，没有它的人成了纯粹的消费者。真是个令人感动的世界。

不过现在与从前仍有相同之处，即社会的资源和能源仍都掌握在少数人的手里。天堂的外面，世界在疯狂地高速运转，人类之中最优秀的成员控制着绝大部分资源与能量，忙得天旋地转。那个世界里的人们的思想与行为，非我辈所能想象，其生产和消费的含义与目的，也变得面目全非、匪夷所思。目前他们已在太阳系确立了某种秩序，而他们仍在孜孜不倦地向整个宇宙推广这种秩序，世界因之变得日益莫名其妙。

很早以前人类中的一些成员就提出为了保持进化的势头，人必须在生理、智力等各方面都更上一层楼。这个观点后来成为主流。人个体的素质确实有高下之分，这是真的，而且差异相当大，以至于后天的努力也难以弥补。进化的本质就是去掉差的留下好的，所以天堂里的人们已不再肩负进化的使命。是的，我们都已不再进化了。因为我们已被淘汰。我们都没有通过测试，因而被认为是不合格产品，没有资格支配资源和能量，没有资格承担进化的使命。他们说我们不能以最高效率运用资源和能量，因而不适合进入主流经济结构，为了以最快速度进化，我们这样的人必须生活在天堂之中。于是我每天除了在窗口呆望日出日落外无事可做。其实这也不是什么新鲜事，从前人们以出身来决定由谁掌握社会主要资源，后来则进化为由手中的金钱数量来决定，现在则换成了由自身素质来决定。似乎是越来越进步了，下一步也许就是不用再决定了。不过那和我已没有什么关系了，我的生命只有一次，我知道。

任何事情都要付出代价，天堂亦不例外。胜者得到一切，这一点仍与从前一样，不同之处只是败者不再失去一切。但败者所能保留的也不过只是生存的权利而已，失去的依然很多，据说不如此人类便不能进步。天堂的创建者认为，天堂的存在有可能使人类进化的势头日益减弱，因为促进人类进化的压力在减小，一般说来优胜者与劣汰者间的差别越大，压力也就越大，所以理所当然地不能让天堂里的人们得到太多。首先，我们不能进入主流经济圈，不能工作，这是法律；其次，不能有孩子，以免传播不利基因，影响人类整体素质的提高，也以免增添新的受害者，这也是法律；再次，我们只能享受到部分公民权，只有选举权，没有被选举权；另外不可以继承财产……这些都是法律，听起来似乎并非世界的末日般恐怖，应该还有比这更糟糕的……

也有选择的余地。在天堂过腻了你还有个去处，你可以申请到纯太阳能农业保留地去，在那儿可以自食其力，但也仅限于此，而去了那儿就将永远失去参加年度测试的资格，从而永远地失去走出天堂的最后一线机会……

　　就是这样，世界已经进化成了如此这般的模样。进化这玩意儿又不能后退，所以回想从前没有半点意义。不知将来的人们怎么看待我们的时代，反正我无话可说。现在人类自己已经确认，人不过只是物质世界中的一种物理现象，并没有什么了不得的特殊之处，人的存在应该无条件为进化和发展服务。这种世界观是否正确是否必要，可不是我说了算的事，人类的智慧和选择哪是我能说三道四的，所以我不说。

　　我很想在热乎乎的车座上坐得久一点，眼下我舒服得动都不想动一下，这种感觉平常可没有。但这空中巴士以很高的精确度准时到达了目的地，不早不晚。

　　看着大厦中部犹如怪兽影片中巨兽血盆大口般越变越大的巴士站，我清晰地感到我脑中血压正越升越高。

　　参加这样的测试，个人的主观努力完全无济于事。不知不觉间，你已被测试完毕，被决定了是否能走出天堂。对系统表示怀疑也是毫无意义的事，它已进化了许多个年头，耗费了无数的资源和能量，目前虽不能说已经完美无缺，但也无懈可击了，人完全没有资格与它较劲。

　　踏上这座大厦的地板，我就感到双腿沉重，似乎这里并非地球的一部分。每天这里都有天堂的来客前来应试，试图走出伊甸园。有人成功了，但绝大多数人都不得不返回天堂。今天轮到了我。

我吸了吸气，鼓起勇气向上帝走去。

现在我该上哪儿去呢？我倚靠着走廊的墙壁，茫然地想。这一想就是整整 5 分钟。其实这不能叫作想，因为我脑子里一片空白，就好像昏迷了似的。这样的状态我并不陌生，它在我生命中所占据的时间实在太多了，数不胜数……

后来我知道该上哪儿去了。我找到一处公用可视电话，给杰里米发送信息。

杰里米是我的哥哥，早我 20 分钟出生，但从小很少有人会认错我们。他头一年就通过了测试，如今正在天堂的门外大展拳脚。鉴于我们之间的距离，我一般不和他来往，我已记不清上次和他通话是多久以前的事了。但在这时，我太想和一个人谈谈话了，只有在这时候，伊琳才会显得无能为力，我现在需要和人交流。

我的信息顺利抵达了杰里米的眼前，这小子总算没有忘了我。

"皮特，怎么是你呀？需要什么帮助吗？"他脸色好不诧异，但惊讶根本没有让他多付出一点时间。

"没事，就是想到你那儿和你聊聊。"我知道他时间宝贵，所以也就开门见山。

"唔……等一会儿成吗？"他微皱了一下眉头说。

"可以，多久以后？"

"70 分钟吧，那会儿我有空。"

"就这么说定了。"我瞟了一眼头上的计时器。我还没有将目光收回来，显示屏就黑了。自他成年之后，他就一直这么行事匆忙。

小意思，70 分钟对我而言根本就不算个数。不过对他就不同了，70 分钟内他所动用的能量比我一年所动用的能量还要多得多，这就是我和他之间的分别。

天堂外面的世界变得越来越莫名其妙了。我站在杰里米办公室外的大厅里向窗外张望。许多建筑和设施我完全说不出是干什么用的。这时一丝悲戚、一丝绝望涌上心头：世界正离我越来越远，在我不知道的时间里，它变得越来越难以理喻。我将头抵在墙上，慢慢闭上了双眼。

在通话后的第 73 分钟，杰里米办公室的大门为我而开启。

"噢，皮特，你怎么有空来我这儿？"他微笑着冲我说。从他的神色我看出他在这个世界里生活得一帆风顺、游刃有余。

我怀着强烈的嫉妒坐在了他办公桌前的皮椅上。是的，我就是嫉妒。杰里米和他的同类的人生中拥有许多我没有的东西，首先就是工作和事业所带给他们的尊严与充实。没有劳动，人就不成其为全人，我刻骨铭心地赞同这一观点。他的人生目的明确，而我的人生则是一团混沌，这不能不使我觉得自己是一个彻头彻尾的……无能之辈，也就是废物。我来到这个世界上，世界却不需要我，那么我为什么要来？他们还拥有许许多多我说不上来的东西。我真的说不上来，因为我很少愿意就这方面的问题进行思考，那只会使我感到痛苦，他们的幸福就是我们的痛苦。

"呃……没什么，就是想和你聊聊。"我轻声说。

他的眼光闪动了一下，旋即垂下了眼皮，不说话。

"凯茜还好吧？"我随口找了个话题。嫂子和杰里米是同类，但对我很好，她真是个好人，从不歧视我，在我面前从不以贵族自居，所以我对她的印象很好。然而我却不愿意接受她的关怀，我害怕这种关怀。

"她很好。就是没耐心安心在家相夫教子，整天忙得不可开交，小乔治完全扔给电子保姆了，这对他可不好啊……"杰里米颇有些犯愁地说。

"那你可以在我们那儿挑个满意的，她可除了相夫教子外别无选择。"我笑了一下调侃说。

杰里米如我所料地板着脸坚决否定了这一提议。按法律规定，智者除可拥有一名同类配偶外，还可拥有一名天堂中的配偶，若不与同类通婚，则可拥有三名配偶，以保证优秀基因的延续和传播。然而在杰里米的社会中，真这么做的人却不多。因为与天堂里的人通婚被认为是该受歧视的行为，夫妻双方都有可能被社会所不容，杰里米在这方面有童年阴影。我们的母亲就是父亲的第二个妻子，所以父亲分给我们的父爱也就勉为其难地有些不够了。由此之故，父亲虽有三个妻子和四个子女，到老却落得个形单影只地幽居于数百万千米之遥的太空城里。配偶与子女对他爱不起来，社会又不能容他，他也就只有这个去处了。杰里米万不肯重蹈其覆辙，他发誓要做个好丈夫、好父亲。他做到了，他拥有着极聪明的凯茜和小乔治。我注视着桌上小乔治的全息立体图像，那孩子显出了比他父亲更浓郁的灵气。看来杰里米肯定将拥有一个幸福的晚年。

冷场了片刻，杰里米把谈话又继续了下去："珍妮怎么样？还满意吧？"

"没有珍妮啦，"我轻叹了一口气，"现在是伊琳。"

"伊琳……哦，好女孩！"杰里米打了个响指，"真正的好女孩！又漂亮，又善解人意，非常优秀的产品。我想你该满意吧？"

"很满意。"我点了点头，"她是我所见过的唯一完美无缺的存在。"

"近于完美无缺。"杰里米纠正说，"还有胜过她的。我就和他们有些业务往来。新产品好像是叫……梅格？……对，梅格！"他又打了个响指，"你想试试吗？我可以在她投放市场前就给你弄一个。"

我摇了摇头。我对伊琳目前还能满意，何必急不可耐地提高胃口呢？我必须珍惜我对她的兴趣，这样我就还有生存下去的理由。"想不到还有人这么关心我们，伊琳上市才两年嘛。"我说。

"政府有这笔财政拨款嘛……有钱事就好办。"他随口说。

此后我们又就彼此的情况聊了一阵子，我这边是于他而言无关痛痒的鸡毛小事，他那边是于我而言不着边际的宏伟壮举，我们确实已不是同一个世界的人。

很快，我们之间就只剩下了沉寂，干净清新的空气中时间在稳步行走。我对时间不感兴趣，可他不能不理会时间的流逝。他的眼中流出急切之色，我有点想知道他能忍受我多久。

过了一阵，我开口对他说："唔……知道我在想什么吗？猜猜。"

他摇了摇头，不说话。

"我在想……小时候的事。"我望着他，"小的时候，我们也没什么朋友，就我们俩一起玩，整天整天地泡在虚拟游戏里……现在想想这种童年可够灰暗。"我苦笑了一下。

他轻轻点了点头，依然不说话。

"可我觉得还是那时候好啊，至少那时我们自己不觉得灰暗……那时我们玩得可真来劲，遇上个喜欢的好游戏就好像过节一样，我还记得当时自己心跳的感觉。"我觉得这时候我的声音有点陌生，"说也奇怪，我们从来都是并肩作战，从来没有相互对抗过，我们的刀口一直是对外的，是这样吧？"

"没错，我们一向同生死共患难。"他点头说。

"哎，我们最喜爱的游戏是什么？你还记得吗？"

"我想应该是《千钧一发》，对吧？"

我笑了："你还记得呀……"

他也笑了："我不会忘的，你救过我很多次命。"

"你救我的次数更多。"

他的笑容一下子加深了："我还记得你老是使用无赖秘技，把狙击步枪的弹药改成无限，当机枪使。"

"那有什么办法？我老是打不过那些狙击手嘛。"我的笑容变得有些勉强，"可你总是能打败他们……"我注视着他的眼睛。

他垂下眼皮，又不说话了，刚刚拉近的距离又变大了。

过了一会儿，我找到了将谈话继续下去的话题："这游戏现在很难找到了吧？"

"是的，早绝版了。不过你要的话我能给你弄来，能弄到的。你要吗？"他抬起了眼皮。

"不要了。要来又有什么用呢？我们都已不是小孩子了。"我说。

他点了点头："对，我们都长大了，那些都过去了。每个人都会长大的，没办法。"

我们又沉默了。还和他说些什么呢？我不知道。过去是我和他唯一的交集，可过去已经过去了。

突然间我不明白我干吗要到他这里来了。难道就是想像小老鼠一样挤在一起取暖吗？可他不是我的同类，他只是我的哥哥。我觉得今天我好像犯了个错误。

于是我起身告辞："杰里米，来你这儿瞎扯了半天，也不知误了你什么事没有？如果耽误了你什么，那我很抱歉……"一边说，我一边转身离去。

"弟弟……"杰里米的呼唤传入我耳中，但我还是走出了大门，任凭大门无声地将我们隔开。正如他所说的那样，都过去了。

窗外的景致与半小时前一模一样，但此时我已没有了什么感想，只是呆呆地凝视着它们，脑子里一片真空。

过了一会儿我问自己：此刻是不是应该哭啊？

不知道……我回答说。

我望着窗外耀眼炫目的世界，渐渐感到它似乎在变得模糊。真的模糊了吗？好像吧，我也说不好……

帕梅拉的身影终于出现了。我没料到她还抱着她的孩子。她看见了我，快步向我走来，负责递送食品的自动餐车灵巧地躲避着她。

帕梅拉是我父亲和他的第一个妻子所生的女儿，我也拥有从前和她共同度过的许多欢乐时光的记忆。在我和杰里米之间，她更关心我，至少我感觉如此。她和我是同类，所以我认为我们俩可以挤在一起取暖。杰里米已离我太远了，他竭力掩饰也没有用，而她离我应该比较近些吧。

她小心翼翼地落座于我的对面，看样子生怕惊醒了怀里的孩子。"皮特，你约我出来，有什么事吗？"她小声问我。

"没什么天塌地陷的灾难。"我苦苦地笑了一下,"只是想见见你,姐姐。我心里有点难受,想和你说说话。今年……我又落得一场空。"我心里直到这一刻才感到很委屈,才有了想哭的感觉。

虽然这是我的痛苦,但她的脸上也透出了伤心和痛苦。我有些后悔将她拖了来。我不一定能取到暖,可她今天注定将感到寒冷。她和我是同类,所以她的回忆也只能令她痛苦。

"我很难过……皮特。"她垂下了眼皮,"可就像你所说的,这并不是天塌地陷的灾难,也不是世界的末日,你还有明年、后年……只要还活着,就有希望。"

我没有回答她。她只能这么安慰我了,尽管差不多等于没说,我也只能这么去想。在坚不可摧的现实面前我们也只剩下了一点正随着时间不断消逝的希望。

沉默了片刻,她对我说:"皮特,其实你又何必这么执着?你可以和这里的某个姑娘结婚,这样你至少可以将一只脚踏出天堂……"法律面前人人平等,智者的世界里男人可以拥有三名来自天堂的妻子,那女人当然可以拥有三名来自天堂的丈夫。"最重要的,是你可以有一个孩子……"她将目光移向了她熟睡中的儿子,那神情就仿佛她怀中怀抱着的是她人生中的全部希望。

我缓缓摇了摇头。我和她不一样。我的这个极为温柔的姐姐在连续经历了五年的失败之后就死了心,不再将希望放在自己身上。努力了几年,她终于嫁给了一位天堂之外的大她十一岁的男人，做了他的第三位妻子，从而得到了她梦寐以求的孩子。也许对她而言人生因此而得救了，可我不行。我不可能适应那种生活的，这我知道；孩子也拯救不了我的人生，这我也知道。

"他对你好吗？"我轻声问她。

她的目光闪动了一下："他是爱我的……最重要的是，他给了我一个儿子。"

我看着那个还不足一岁的小婴儿。他似乎没有小乔治的那种灵气，也许这世界又多了一个时代的受害者。

"下一代……"我喃喃轻语，"我没想过下一代……干吗要让他们来受苦呢？知道孩子一生下来为什么要哭吗？因为他们在抗议我们将他们抛入这个冰冷的世界，使他们遍尝人生的诸多不幸……将来他也要和我们一样接受生活的挑选，你能承受吗？"

"我根本就不希望他被挑中。"她说，"这样他就能陪伴我一生了。如果他被选中了，那才是不幸，我将失去他。"她下意识地将孩子抱得紧了一些。

我点了点头，她这么想有道理。但他要是通过了呢？她拯救自己人生的方法并不保险，不过希望至少比我大。我现在是一点也不知道什么可以拯救我的人生。

在以后的一段时间里，我们慢慢吃着饭，不时逗逗她的儿子。到我对这种消磨时间的方式的兴趣一点也不剩地耗光了之后，我就和她告别了。离去之时，我问自己：取到暖了吗？

这次的答案依然是：不知道。

顶层大舞厅里，节奏感极强的刺激性音乐震得我五脏发颤，那感觉就好像我和厅里的其他人是坐在一头洪荒巨兽的胸腔里倾听它那沉甸甸的心脏努力跳动一般。疯狂的音乐和酒精饮料使得这里的人一个个都呈现非正常状态，手脚无法闲住，不是脚在弹动不停，就是手在叩击桌面。

我不是经常来这种地方消遣，但今天我需要刺激，我都已经快要失去感觉了。

海浪般的音乐声中不时冒出两声怪叫，这是这种地方的特色。人们就是冲着能比较自由地发泄心中的郁闷和痛苦才把整块的时间扔在了这怪兽的肚子里的。没事，叫吧，谁也不会在意的，只要你不像从前那几个家伙那样在发了一阵狂之后从窗口跳下去就成了。我慢慢吸着杯中热乎乎的酒精饮料。

又有人跳出来发表演讲了。他先是大骂这种社会制度及发明它的人，然后就抱怨说我们简直在等死，再后就控诉"他们"在谋杀我们……标准的程序。

还没等他的演讲发展到呼唤大家都起来革命的阶段，就有人跳出来叫那革命家闭嘴。通常大家都不会理会这种演讲，因为这没有意义，我们两手空空，凭什么跟人家较劲？开玩笑。可今儿个可能是喝多了，有人要先跟这革命家较较劲。他叫革命家闭嘴，

208

说他吵了大家听音乐的雅兴，扫了大家的酒兴，还说如果对这个世界不满不妨马上从窗口跳下去，这样大家都好受……

凭以往的经验，我知道今儿晚上这里铁定要干上一仗，于是我马上起身走出了这疯狂的地方，我不想受这样的刺激。

舞厅外的小花园真是令人神清气爽。由于刚从那种乌烟瘴气的场所出来，我觉得外面的空气清新得不可思议。脚下，缤纷的花朵铺满地面。灯光下朵朵花儿似乎都罩在薄雾之中，它们摇曳身躯，告诉我它们为我而盛放。

童话……我在花园中的长椅上坐下来，静观美景，对自己说：你已进入童话。城市夜空清冽的空气中，我闭上双眼，想象我正在天空飞翔。

"皮特。"就在我的意识渐次朦胧之际，一声女人的轻声呼唤将我惊醒。我扭头一看，是莱切尔。

"一个人在这儿享清福哪！"她笑嘻嘻地说。

夜风穿过她的发际将她身上的香味拂到我的脸上，我的心猛力一跳，血液往脑门一冲，不由得一阵头晕。这是怎么了，灯光下她的身影的确有点像天使，可天天与天使生活在一起的我怎么还会有感觉呢？

"你……"我目不转睛地望着她，有点不知该说什么。

她也看着我，也不说话。

最后我笨拙地说："那你也来吧。"我向身边一扬手。我这会儿很希望身边能有女孩温暖的体温和香味，那将使此刻的童话气息更为浓郁。

她大大方方坐在了我的身边。

"怎么样？这花园好吗？"她说。

"很好，挺漂亮的，就像你一样漂亮。"我大着胆子这么说道。据我判断，今晚我有机会将事态发展到最后。

"就是小了点。"她说。

"确实小了点。"我顺着她说，其实是大是小我这会儿并不关心。

"可以握握你的手吗？"我向她发出这样的请求。也许过分了一点……我对自己说。

可她似乎并不这么认为。于是我得到了她的手。

她的手也在颤抖，可我心跳的感觉却没有想象的那么强烈。毕竟她只是人类。我提醒自己此刻应该放低标准。于是我排除杂念，认真感受，希望这个小小的童话能得到一个完美的结局。

"皮特，我们结婚吧。"

我一口气噎住，险些从椅子上摔了下去。这……这是从何说起？！我肯定听错了。

"皮特，我们走吧。"她用力握着我的手。"这个世界没有什么意思，我早就想离它而去了。但是我不愿意一个人孤单单地走，我要和自己所爱的人走。那就是你，皮特。在我接触过的人中，我最喜欢你。和我一起走吧……"她在期待，我从她的双眼虹膜中看到了期待和信心。

"上哪儿去？"我咽了一下口水。这一刻我发现女人这东西比我想象的要复杂得多。

"到农业保留地去。"她马上回答。

我呆呆地望着她。

"那儿和这里不一样。"她的眼中闪现着热情的光芒，"在那里每个人都得干活儿，可劳动的目的很单纯，就是自食其力，不像这里这么莫名其妙。在那里，我们的人生将拥有目的拥有方向拥有价值，我想在那儿我们会过得很幸福很充实的……这个世界已经不属于我们了，它属于那些能以最高效率从世界榨取资源和能量的毫无节制的……人。可地球注定会是我们的。因为地球作为一个封闭系统，它最终只能容许存在一种有节制的低熵的生活方式。那些'趋能动物'只能将爪子伸向无边的宇宙，只有那儿才有无限的能量。地球已经不被他们所看重了，所以我们有机会。农业保留地的面积正在扩大，其中的居民正在一天天增加，我看地球最终会成为一颗纯太阳能农业星球，那就是我们的未来。"

停顿了一下后，她接着说道："皮特，走吧。难道在这儿生活你不感到痛苦吗？一次又一次地被拒绝你不绝望吗？你还留恋此地什么？我知道今天你又失败了，否则你此刻就不会在此出现了。走吧，别再撑下去了。那儿不会拒绝你的，你只需要去，就行了。

很简单。"她的手一直在用力握着我的手，话音消失后也未放松。

原来她信奉这个。很早以前就有这理论，核心内容就是将做个农民视作拯救自己人生和回归生命本真的最后一次机会。这理论正确与否，我说不好。我沉思着，归纳，分析，判断。

最终的结局是我摇了摇头："不，很抱歉，我不能走。"

"为什么？"她盯着我的脸追问。

"因为……我已经没力气了。当个农民会有何感受我不知道，但我想那儿也不会就是个完美的世界，那里有那里的缺陷……我想我已经没有力量来从头适应一个陌生的不完美的世界了。很遗憾，你来晚了。刚才我已经决定从此以后不再去接受测试了，我不想再尝试下去了，也不想再接受任何形式的挑战，我想就此安静地度完余生。对不起，我累了……"我的语气令我害怕。

我们之间的沉默持续了很久很久。

"你决定了？"她终于开了口。

我点了点头。

"那么，皮特，永别了。"她站起身来，轻轻松开我的手，任其如风中落叶一般缓缓垂落。她头也不回地消失在了黑暗之中。

我的目光追随着她的背影，心中忽觉一阵隐隐的痛楚，我有些想站起身来，但我没有力气。

我的视野中只剩下了黑暗。我垂下头，独自静坐。没什么可说的，我相信我的选择。人是一种不完美的生物，我不能想象两个不完美的生物在一起能获得相安无事的人生，这就好比两个不同规格的齿轮难以协调运转一样。女人……我哪里能够应付这么复杂的生物？我没有信心，亦无勇气，真的没有了。只有一种完美的生物才能适合我，给予我的心想要的一切，以如水的完美包容我的不完美。我已不知道没有这种生物我该怎么生活，这就是天堂的威力。

我无力地坐着，不想动，此刻连呼吸我都觉得费劲。但不一会儿我就冷得有些受不了了，风之刃似乎已在寒星万点的粗粝夜空上磨得更加锋利。我站起身，发着抖，往回走去。

回到我那小巧的温柔之乡，伊琳依入我怀中抱着我久久不肯松手，告诉我她很为我着急，问我为什么现在才回来。

我抱着这完美的生物，深深吸嗅着她身上的香气。片刻后我发现我的泪在流淌，泪水一连串地往下落着，快速，汹涌，完全不能控制。可是我的肺叶和喉咙却没有什么变化，呼吸平稳，就好像正在流淌的不是泪水而是汗珠一般。这能叫哭吗？伊琳极为善解人意地抱紧了我。黑暗中，我们紧紧相拥着一动不动。

她的身体柔软温暖，我觉得我已被天使的双翼所包裹。暖意渐渐渗入我的身体，她在给我温暖。我的身体一点点放松下来，一切都暂时烟消云散了，剩下的只有天堂的极乐。

魔环 / 王晋康

假如生命可以重来

1999 年 8 月 20 日，晚上 7 点

今天是 8 月 20 日。

十年来，每到这一天，凌子风的感情世界便会出现一次势头强劲的回潮。他会陷进那些折磨人的回忆、忏悔和自责中，无路可逃。吃过晚饭，他开始穿外衣，穿衣时始终躲避着妻子的目光。妻子熟知他的痼习，从未指责过，但也绝不赞成。显然，一个女人不会喜欢同别人分享自己的丈夫，哪怕是死者，哪怕仅在回忆中。

田田发现爸爸想出门，立即笑嘻嘻地拦在门口。他刚刚在布达佩斯参加了"世界少年数学奥林匹克竞赛"，拎回来一块金牌。这几天记者们一直堵着门采访，一直没时间同爸妈亲热。他提醒爸爸："你还欠我半个故事呢，就是那个'某人借助时间机器回到古代买了 94 枚戒指'的故事，非常有趣，昨天只讲了一半。这人

真聪明，他每次都比上一次提前一个小时，向同一个人去买'尚未卖出'的同一枚戒指。爸爸，要是我有了这个时间机器，就把我最爱吃的蛋卷冰淇淋吃它一百遍，每次只提前半分钟！"

爸爸心不在焉地摸摸他的脑袋，仍然要出门，妈妈冷淡地说："田田，放你爸走吧，他的心早就飞走啦。"看到丈夫脸上闪过的不悦，田茹干脆地说："子风，我不想惹你生气，过去我从没有干涉过你。但你不能老是沉溺于过去，你能把这些回忆保持多久？一辈子？让我一年看一次哭丧脸？咱们得找个一劳永逸的解决办法。"她拉过田田，"这事以后再说吧。田田，跟妈走，妈给你讲那个故事。"

机灵的田田看出了爸妈之间的龃龉，乖巧地收回自己的要求："爸爸，明天再给我讲吧，再见！"便跟着妈妈走了。田田是他们的希望，也是他们的骄傲。当他还在母腹中时，他们就施以音乐的胎教，两岁教识字，三岁教学棋，如今他才7岁，已学完了微积分课程。可以说，夫妇两人的生活重点是放在田田身上的："我们这一代已经不行了，落伍了，要全力培养儿子，让他茁壮成长，应对21世纪高科技社会的挑战。"

而且，这个已经名闻遐迩的神童并不是一个冰冷的机器人，他童稚天趣，常常妙语解人，一向是爸妈的心尖宝贝儿。凌子风歉然同儿子告别后，走出房门。

1999 年 8 月 20 日，晚上 10 点 40 分

黄鹤酒家的顾客已经开始退潮，凌子风独占一张靠窗的桌子，醉眼迷离地看着窗外。河水映着岸上和岛上的霓虹灯光，映着天上的星月，对岸的垂柳遮蔽着河湾。十年前，那个叫若男的妙龄女子就是在这儿遭遇不幸的，全怪自己疏忽。如果人生能重来一次……但那永远不可能了。

服务小姐笑眯眯地送来一瓶蓝带啤酒："先生，你要的酒。"

凌子风摇摇头："不，我没有要。"

身后一个人接口道："小姐，你弄错了，是我要的酒。"

小姐连连道歉，把酒改送到那张桌上。凌子风扭回头向邻桌瞟了一眼，那是一名和他年龄相仿的男子，也在闷头独酌。他的衣着讲究，真丝衬衣，鳄鱼皮鞋，手指上有两枚沉甸甸的钻戒。但是很奇怪，他的表情中似乎有一种只可意会的"黑色"，使人感到强烈的压抑感。他也在两道浓眉下打量着凌子风，随后笑笑，拎着自己的酒瓶过来："原谅我的冒昧，我想两个喝闷酒的男人也许有共同的话题。"

凌子风向他举举酒杯，表示认可他的加入。来人为他斟上一杯酒："说吧，有什么苦恼，不妨向一个陌生的男人诉一诉，这是

宣泄感情的好办法。"

凌子风苦笑道:"谢谢你。"陌生人正好说出了他的心声,他早就想找一个人宣泄自己的苦恼,沉默片刻后,他说:"我听从你的建议。喏,就在那儿,就在河对岸,十年前,我同恋人柳若男来游泳,临走,我返回岛上去取遗忘的潜水镜,扭头却发现若男失踪了!我发疯似的游回来,喊叫、寻找,等到从水中捞出来若男时,她已经没有救了。"他的眼眶红了,狠狠地灌下一杯酒,"一个鲜活水灵的可爱姑娘啊,转眼间就没了!我去拿什么潜水镜!十年来,我无时无刻不受内疚折磨。我常想,假如人生能重来一次……"

他的声音哽住了,为了不让对方看到自己的泪水,他低下头闷闷地喝酒。陌生人同情地看着他,低声说:"请不要过于悲伤,也许我可以帮你。"

凌子风沉溺于悲伤中,很久才明白了对方的话意:"你说什么?你能帮我什么?"

"帮助你重生一次。你不必奇怪,实际上我一直在寻找合适的人以传递一件宝物。你先看看它吧,否则你一定以为我在酒后胡言。"

他从腕上褪下一件东西,从桌面上推了过来。

一只魔环。

它的大小相当于一只手镯,膨大处类似于手表的表面,白中泛青，隐隐闪着异光，用手摸摸，坚硬犹如玉石，但重量极轻。表面处刻着几个汉字：时间来去器，同相入，异相入，返回。字迹歪歪扭扭，像是初学字者写的。此外还有一些极小的奇形怪状的符号。

神秘的陌生人说："知道几年前陕西某县一次很轰动的发掘吗？在修缮著名的天福寺时，在佛塔下发现了唐朝的地宫。这件手镯就是在那儿出土的。手镯盒里还有一张泛黄的短柬，说这件宝物是一位仙人化胡为佛的至宝：'仙人凌风子自言亦中土人氏，仗此镯修行凡一千九百九十九年，方脱体飞升，知过去未来之事。仙师蝉蜕之日传此宝于余，余自知福薄不足以持此宝，乃藏诸地宫以待有缘。'你可能已经看出来，这是一件时间来去器，很可能出自于外星人之手——表面上那些奇怪的符号至今无人能破译，还有人对它的材料做过光谱分析，发现其材料非常奇特，是地球上从未有过的。"他看见了凌子风的怀疑表情，便微笑道："这个故事太离奇，我也曾和你一样怀疑过。好在它的功能是很容易证实的，我们马上可以进行实验。"

凌子风在心里微微冷笑，他想此人编了这么动听的神话，一定是想把这个"宝物"卖一个大价钱，可惜自己不是那么轻信的人。他说："当然，我很愿意相信。能否告诉我，这个宝物是如何传到你手里的？"

那人脸上掠过一道阴云，苦涩地说："没什么离奇的，就像你我今天之间的情形一样，是一个陌生人的无偿馈赠。他说我是第九个持宝者。至于这九个人得到魔环之后的经历，你就不必问了，其中都有不愿告诉他人的隐情。"

他的表情十分严肃，凌子风不再追问，换了一个话题："它是如何使用的？"

"非常容易，先用按钮调到你想返回的时间，再按一下'异相入'一钮即可。先生，我建议咱们一块去你想要返回的地方，来一次现场实验，如何？"

两人从正阳桥上步行过去，20 分钟后到达那个荒凉的河湾。我一定中邪了，凌子风想，我竟然相信这个离奇的神话。不过那个人的言谈中有一种特殊的味道，也许是他的表情中一直浸泡在苦涩之中，却也从未去加以掩饰。这不像是一个骗子的表情。

清澈的河水抚摸着岸边的细砂，月光下野草摇曳得十分温柔。虫声暂停片刻又复唧唧。他想到十年前那个夜晚，泪水盈眶欲出。陌生人同情地看着他，轻声说："可以开始了。现在是 1999 年 8 月 20 日晚上 11 点 01 分，请问那位姑娘遭遇不幸的时间？"

"1989 年 8 月 20 日，晚上 10 点 20 分。"

"准确吗？"

凌子风苦笑道："我绝不会记错的。"

陌生人飞快地调好时间，表面出现"08 — 20/1989/22：20"的数字。"喏，就是这样调整。我冒昧地建议，你第一次返回时，让我陪你一块去，我可以帮你熟悉机器的使用方法，应付一些不测事件，好吗？那么，我要摁下'异相入'按钮了。"

凌子风微嘲地看着陌生人一本正经地点下那个按钮，好，我在等着你说的神话实现。他忽然吃惊地发现，眼前的景物一阵抖动。

1989 年 8 月 20 日，晚上 10 点 20 分

抖动的景物很快复原，他惊疑地看着陌生人，等着他的下一步动作。陌生人平静地说："已经到了，请你看看，是否到了你想去的时间。"

这时，凌子风才注意到，眼前的景色变了。或者说，景色变得虚浮了。河岸上的树木和野草似乎是实影和虚影的叠加，暮色已重，河面上映射着星月和对岸的灯光。水中没有人，但岸上放着一堆衣服，有男人的长裤，也有女人的艳色衣裙。远处扬起白色的火花，两个人影从暮色中钻了出来，已经能看清前边是一位姑娘，穿着米黄色的游泳衣，腋下套着红色的游泳圈，一位小伙子一边在后边推着她，一边用单手划水。人影越来越近，可以看到两人谈笑风生——却听不到声音，就像在看一场无声电影。

忽然，凌子风如遭雷击，绷紧了全身的肌肉，死死地盯着两

人，他已经辨认出，那正是25岁的自己和恋人若男。两人游到浅水处，站定，笑着拥抱接吻。救生圈横在两人中间，十分碍事，若男随手把它取了下来，扔到身后，然后又是一阵热吻。"那个"凌子风把女友抱起来，放到岸上。两人交谈几句，他拍拍脑袋，返身向小岛游去，一串水花渐渐隐入水中。

虽然他看到的是另一个凌子风，25岁的凌子风，但35岁的凌子风清清楚楚地知道，那人是去取遗忘在岛上的潜水镜，这正是悲剧的开端，他应该赶紧去把那个糊涂虫拉回来！但他好像在噩梦中被魇住了，恐惧地盯着这一切，却说不出话。

他们现在的位置离若男只有十米左右，但若男似乎视而不见，她脸上挂着甜蜜的微笑，哼着歌，旁若无人地脱下泳衣，用毛巾擦拭身体。在若男去世前，两人的恋爱一直保持在柏拉图式的精神恋爱阶段，他从没有见过若男的裸体。所以这会儿他不由得收回目光。他看见陌生人也从那儿收回目光，忧郁地望着自己。

若男忽然看见红色的游泳圈正向下游漂走，她未加考虑，立即跳下水去追赶。直到这时，凌子风才从梦魇中惊醒，撕心裂肺地大叫一声："不要下去！"便和衣跳入水中。但若男视而不见，听而不闻，仍自顾小心翼翼地追赶救生圈。忽然，她脚下一滑，身子倾斜着，眼看就要没入水中。

35岁的凌子风已经赶到她的身边，立即扑过去，用力抱着她的身体……若男的躯体像一团光雾，轻飘飘地穿过他的拥抱，他用力过猛，跌入水中，激得水花四溅。

这儿是一个回水潭，深度已经没顶。他在水中慌忙爬起，转身，看到若男的头发和手臂尚在水面上，他急忙扑过去……又是一场空。

水面上两只手臂在拼命摆动，随之下沉；又挣扎出来，又下沉。凌子风发疯似的嘶声喊道："若男！若男！"

手臂已经消失，只余下长发在水面又漂浮了一会儿，然后缓缓下沉。凌子风在这片水域疯狂地寻找，游过来，窜过去，用手摸，用脚踢，除了能真切感到水的阻力外，什么也摸不到。他大口喘息着，惶然四顾，见最后一串水泡从不远处冒出来，他再次扑过去，还是一团空。

他两眼血红，血液上冲，太阳穴似乎要炸裂了一般。他不能眼睁睁看着恋人在眼前"再一次"死去。他声音嘶哑地哭喊着，狂乱地寻找着；抬头看见陌生人仍留在岸边，怜悯地看着他，他暴怒地喊："你这个浑蛋，你这只冷血动物！快下来帮我呀，若男马上要被淹死了！"

陌生人跳下水，捉住他的双手，怜悯地说："不必寻找了，那是徒劳的。你看到的景物有虚有实，虚景与我们不同相。不信的话，你看看水面，你仔细看看。"凌子风低头看看水面，发现真实的水面上似乎漂浮着一层若有若无的河水，陌生人用手从这层水中舀水，但手中却是空的。他说："看见了吗？眼前的景象是两个异相世界的叠加，我们只能感受到下面的真实河水，上面一层是空的——据此判断，这条河的水面比十年前降低了。你再看岸上的树，那棵大树中是否有一棵小树的'幻影'？那是这棵树十年前的影像，你只能看到却摸不到……喂，那个凌子风已经返回了。"

那个凌子风从岛上返回，发现了若男的失踪，他发疯般地游过来，哭喊着寻找，在这个荒凉的河湾里再次上演了刚才那一幕悲剧。有时，这个疯狂的男人会在他们的身体里穿过，但双方都丝毫没有感觉。35 岁的凌子风现在成了观众，绝望地看着舞台上的自己。观众的痛苦与角色的痛苦丝丝入扣，他禁不住热泪双流。

20 分钟后，那个凌子风终于从水中捞到若男的身体，抱着她跌跌撞撞地涉水上岸，把她平放在草地上，开始施行急救。真实的凌子风不由得也想扑过去帮助，但陌生人拉住他，摇摇头说："没有用的。"

那个凌子风哭着，唤着，几乎完全失音了。他一刻不停地按着若男的胸膛，伏在她口唇上渡气。真实的凌子风走过去，也蹲在若男的身体前，他的热泪穿过两人的身体，滴湿了若男身下的土地。他清楚那个无法逃避的结局。

远处有人听见呼救声跑了过来，是一个 45 岁左右的男人。他试试若男的鼻息，趴下听听她的心跳，又翻开眼皮看看瞳孔，然后摇摇头，把近乎疯狂的凌子风硬拉到一边，从地上捡起衣服盖住若男的裸体。

35 岁的凌子风不忍再看下去，他猛然揪住陌生人的胸口，愤恨地说："你为什么要带我回到这儿？既然我对眼前这一切完全无能为力，你带我回来干什么？"

陌生人温和地说："先生，请冷静，请冷静一点儿。"他掰开凌子风的手，迟疑地说，"这并不是魔环的全部魔力，你也可以进入十年前的相世界，虽然……"

凌子风不敢相信自己的耳朵："你说什么？我也能和他们同相？能把若男从水中救出来？"

陌生人肯定地说："能，只要刚才你按下的是另外那个'同相入'按钮，你就能进入十年前的相。你会和 25 岁的凌子风合而为一，但仍保持着 35 岁的记忆。因此，你肯定来得及把若男救出来……"

凌子风喜极而泣："真的吗？真的能救活她？"他迫不及待地说，"那咱们还等什么？快带我进入吧，我会永生永世感激你！"

河滩上又来了几个人，他们无声地安慰着凌子风。有人找来一副担架，他们抬上若男的遗体走了，那个凌子风泪流满面，神情痴呆，踉踉跄跄地跟在后边。陌生人说："你不要着急，咱们先返回吧。"他按下返回键。

1999 年 8 月 20 日，晚上 11 点 02 分

　　眼前的众人消失了，景物依旧，但不再有虚浮感，就像摄影镜头突然调准了焦距。陌生人接着刚才的话说："在实施'同相入'之前，我必须把该说的话说完，否则对你是不公平的。要知道，对于一般人，对于正常的人生，无论是幸福还是不幸，都只有一次。在它们来临前，你尽可以努力去追求它或者是躲避它，你的努力也能够影响你自己的人生进程。但一旦成为既成事实，它就是宿命的、不可选择的。用量子力学的术语来说，就是'你所处的环境已发生了不可逆的坍缩'。不过，一旦你持有魔环，有了对'过去'重新选择的机会，一旦可以随心所欲地挑选'已失去'的幸福，逃避'已降临'的不幸，那就会造成新的错失和迷乱，你很可能得不到幸福，甚至陷入新的痛苦。"他苦笑道，"我并不是一个哲人，这些道理只是我持有魔环之后的人生总结。据我所知，已经有幸持有魔环的其他 8 个人，其经历都是很痛苦的。所以，在按下'同相入'按钮之前，希望你慎重考虑一下。"

　　凌子风坚决地说："我无须考虑，只要能救得若男的生命，即使堕入十八层地狱也无怨无悔！"

　　陌生人苦笑着摇摇头："好吧。其实，我知道劝不转你的，就

同上一个传宝者劝不转我一样。你也只有经历了一次'坍缩'之后才能有所觉悟。在你实施'同相入'时，我就不能陪伴你了，何时你有疑难，只需按下返回键即可。我一定仍在这河边等你——因为返回的时间不会计入现在的真实时间，所以，即使你在'过去'徜徉十年，一旦你一按下返回键，你仍会准确地在此时此地出现。先生，在使用方法上还有什么疑问吗？"

"没有了。"

"还有一点，当你决定放弃这具魔环的所有权时，必须为它找一个新的持有者，就像我找到你一样。这是那封短柬上的要求。"

"好，我一定做到。"

陌生人把魔环的返回时间调定到 1989 年 8 月 20 日，晚 10 点 23 分，递给凌子风："戴上它，你可以按下'同相入'了。"

凌子风戴上魔环，虽然他对自己的决定毫不犹豫，但陌生人的话使他免不了心中忐忑，他凄然笑道："还没有告诉你的名字，我叫凌子风，凌云的凌，儿子的子，风雨的风，住在本市卧龙路。如果我回不来，烦请你通知我的妻子。"

陌生人摇摇头说："不，你一定能回来的，这只魔环绝对可靠，我所说的'痛苦经历'不包括这方面的内容。你记住现在的时间：1999 年 8 月 20 日晚 11 点 02 分，我会在此时此地等你。"

凌子风留恋地望望四周，然后决然地按下"同相入"。

1989 年 8 月 20 日，晚上 10 点 23 分

他看见那个凌子风在与若男拥抱接吻。眼前景象摇荡了一会儿，复归平静。那个凌子风已经消失——实际上是他消失了，他已与 25 岁的凌子风合而为一，但仍保持着 35 岁的记忆。

现在，若男的身体在他的拥抱中，他能感觉到她光滑的脊背，饱满的胸脯，能听到她怦怦的心跳。周围的景物清晰实在，不再像上次返回时那样虚浮和重影。若男推开他，羞涩地说："我要换衣服了，你不许看。"

他笑道："我决不偷看。唔，潜水镜忘到岛上了，我这就去取。我回来前，你一定能换好衣服的。"

他转身跳入水中，向岛上游去，转眼间游过了 50 多米。忽然，35 岁的意识浮出脑海：你不能去，你怎么这样糊涂？你这一去就会铸成终生大错！他浑身一激灵，猝然回头，看见若男正在水中追赶那只游泳圈。他失声惊呼："若男，快回来！"

若男侧过头看看他，未及答话，脚下忽然一滑，便陷到深水中。凌子风立即用尽全身力气飞速游回，双臂像风车一样抡动，打得水花四溅。他的心被恐惧撕咬着，担心自己改变不了"已经发生"的事，担心这幕悲剧仍像上次那样从容不迫地演下去，不

管观众如何摧心碎胆……但这次他不再是那个毫无参与机会的观众了，等他赶到，若男仍在水中挣扎，他急忙架住若男的胳臂，把她送上岸。

若男脸色苍白，目光中透着惊惧。凌子风一下子搂住她，放声大哭："若男，我总算把你救活了啊，谢天谢地！"

他的热泪像开闸的河水，汹涌地往外淌，滴在若男赤裸的双肩上。若男忽然悟到自己还是裸体，她脸庞发热，忙推开恋人，羞涩地命令："快扭过脸，我还没穿衣服呢。"

等她匆匆套上 T 恤衫和裙子，凌子风仍低着头蹲在地上，肩膀猛烈地抽动，热泪仍汹涌奔流。若男很为他的这份真情感动，屈腿偎在他身边，搂着他的双肩，温柔地为他擦去泪水，低声劝道："值得这样吗？好像我真的淹死了！其实，你不来，我也能挣扎出来的！"她好强地说。

凌子风抓住她的双手，哽咽着说："我总算把你救出来了，十年来这件事一直没日没夜地折磨着我，现在我总算补救过来了！"

若男惊讶地看着他，在他面前摆了摆手，看他是不是在白日做梦。她嗔道："你在胡说些什么呀，莫非你神经错乱了？"

凌子风仍在猛烈地啜泣着，没有回答。他怎么回答？说站在若男面前的是从十年后返回的另一个凌子风？诉说自己十年来的自责和内疚？诉说自己不久前还绝望地又一次目睹了她的死亡？

若男也觉察到，这个男人的痛苦十分深重，仿佛粗大的痛苦之蟒是从那人的心灵深处爬出来的，紧紧地箍着他，使他无处逃避。这都是因为那场仅仅 3 分钟的虚惊。若男又一次被感动了，她乖巧地偎在恋人怀里，温声说："不要难过了，我不是好好的嘛。穿上衣服吧，时候不早了。"

凌子风转过身，默默穿上衣服，这具 25 岁的躯体稍微瘦削一点儿，不过肌肉比十年后强健。他把救生圈放了气，搁在肩上，低声说："走吧。"

若男没有动，她在月色中定定地看着恋人，忽然大笑着抱紧了他："子风，今天我才知道你是多么看重我。"她笑着宣布，"对你的考察期已经结束，我决定了，要嫁给你！"

她看到凌子风忽然又热泪滚滚，神情却十分惨淡，便好奇地问："怎么了？你今天怎么变成眼泪包了？"

凌子风擦干眼泪，勉强笑道："我也不知道，今天就像一个爱哭的女人。"

若男，请原谅，我们就要分手了，我在自己的人生文章中涂改了一句，弥补了我一生中最大的抱憾。但我不可能涂改整篇文章，那边的田茹、小田田已经和我的生活不可分割了。凌子风强抑悲痛，笑着，一路与若男闲聊着，把她送回家门口。

若男和她吻别后，仍恋恋不舍地望着他。今天的小小灾祸让她窥见了恋人的炽热情意，窥见了恋人对她的珍视。她一定要与凌子风白头偕老。她忽然害羞地邀请道："今晚愿意留在我这儿吗？

我有钥匙，爸妈不会知道的。"

凌子风有点儿手足无措，若男的目光就像火炭一样，烫得他低头躲避。他迟疑地说："若男，我真想……可是不行，我要走了。"

他逃也似的转身走了。若男盯着他的背影，虽然不舍得，更多的是感动。他真是一个至情至诚的君子，和他在一起，这一生肯定是幸福的。等若男开门进去，躲在阴影里的凌子风立即按下返回键。

1999 年 8 月 20 日，晚上 11 点 03 分

空间一阵抖动，他现身在陌生人面前，手表指着 11 点 03 分，仍是他离去的时间。陌生人探询地问："你的那位恋人救出来了？"

凌子风点点头，面上却了无喜色。过了很久，他才说："我救了她，又必须和她分手。我不能抛弃'真实世界'中的妻儿。"

陌生人没有说话，非常同情地看着他。过了一会儿，陌生人说："那么，如果你愿意留下魔环，我就要告辞了。请记住我对你的要求。"

凌子风急忙问道："请稍等……真实生活中我是在若男去世三

年后结婚的，我想再到那个时刻看看，我仍然有点儿放心不下，好吗？"

陌生人同情地说："好吧，我可以再陪你一会儿。请你调整时间吧。"

1991 年 12 月 8 日，晚上 12 点

闹新房的人总算都走了，子风关上房门，把田茹揽入怀中。烛光映红了她的面庞，她幸福地微笑着，子风也是满腔喜悦。

时间是最好的治疗剂。他和若男分手后，那长久的、刀割一般的痛苦，在三年后总算治愈了。

他知道若男至今仍是独身——当然是为了他，这使他十分内疚。但他没有别的办法。因为在人生文章的原文中，他是和田茹绑在一起的，怀中这个娇小的女人会疼他爱他，为他生一个非常聪明的儿子，也会为他对若男的思念吃一点儿干醋……他不能逃避自己的责任。

田茹已经疲惫不堪，但被喜悦之火燃烧着，仍然不思入睡。她偎在子风怀里，时时抬起头，吻吻他："子风，你睡着了吗？"

"嗯，睡着了。"

田茹哧哧笑道："睡着了，是不是在说梦话？"

"嗯，是在说梦话。"

田茹两眼发亮地看着天花板，过了一会儿又冒出一句："子风，你会爱我一辈子吗？"

"当然。"

"可是我总怕你会半路抛下我，还有咱们的儿女。"

"是儿子。"

"儿子？你就这样肯定？"

"当然肯定。田茹，别说傻话了，咱们一定会白头到老的。睡吧。"

田茹真的入睡了，凌子风却难以入眠。他选择这个时间返回，并不是为了证实自己同田茹的婚姻——那是无须怀疑的——而是想知道若男的命运。他等田茹睡熟，轻轻下床，想去客厅打电话。就在这时，电话丁零零地响了起来，在静夜里如此响亮。他急忙拿起话筒，轻声说："喂，哪一位？"

对方平静地说："是我，柳若男。没打扰你们的休息吧，我只想祝福一声，祝你们夫妻恩爱、白头偕老。"

凌子风愣住了，一时不知道该如何回答。此时，床上的田茹突然睁开眼，立即以女人的敏感猜到对方是谁。她走下床，从丈夫手里接过电话，问："是若男姐姐吗？"

"是我，田茹妹妹，祝你们幸福。"

田茹真挚地说："若男姐姐，我知道你与子风的那段感情，这不会妨碍我们成为好朋友。明天请你来家玩，好吗？"

"谢谢，我明天要出远门，等回来再说吧。再见。"

对方挂了电话，田茹仍拿着话筒发愣。若男的声音太平静了，是那种超越生死的平静。一分钟后，田茹忽然震惊地喊道："子风，若男姐怕是要寻短见！"

几乎同时，凌子风也凭直觉猜到了这一点。田茹急切地说："子风，我们打电话再探探她的口风，行不行？她的号码？"

凌子风在急切中竟然记不起来了，自从两年前和田茹结识，他便有意无意地把那个电话号码放在脑后——但他没想到自己竟然能忘记！他苦笑着，从西服口袋里掏出记事簿，查出那个极为熟悉的号码。

他们一遍又一遍地拨着号，没人接。五分钟后，凌子风下了决心："看来，我不得不去一趟了。茹，请原谅，新婚之夜我还要……"

田茹打断他的话："不说这些了，我和你一块儿去！"

凌晨一点，他们在街口的寒风中等了十分钟，急得直跺脚，才看到一辆出租车从街角拐过来，两人立即跑到路中间拦住车："师傅，去育水河边！"

出租车司机是一个瘦小的中年人，他怀疑地看看两人，委婉地说："出租车夜里不出城，请原谅。"

凌子风一把拽住司机的胳臂，央求道："求你去一趟，我们是去救人，有一个女人要在那儿自杀！"

田茹也眼泪汪汪地求告："司机大叔，求你啦！"

司机看两人不像是坏人，一咬牙说："好吧，上车！"

夏利车飞快地开到育水河边，在正阳桥上驶过，停在那个荒凉的河湾。挂断电话后，凌子风凭本能猜到，若男若是寻短见，一定会来这个地方，来到这个回荡着恋人情意的河湾。但河边静悄悄的，没有任何动静。河面泛着星月之光，狗尾草在秋风中摇曳着。虫声暂停片刻后，又复唧唧。司机不愿在这儿多停，催促道："没事吧，没事就走。"

两人仍不死心，沿着岸边苦苦寻觅着蛛丝马迹。田茹眼尖，忽然喊道："子风，衣服！你看那是一堆衣服！"

岸边果然有一堆衣服，凌子风一眼就看出，这些正是那晚若男穿的——最下面是淡青色的风衣，然后是裙子和 T 恤，最上面是玫瑰红的内衣和红色的游泳衣。这些整整齐齐的衣服无言地诉说着若男的决心，她跳入河水时一定是心如死灰。凌子风欲哭无泪，发狂地盯着已经复归平静的河水。好心的司机十分着急，可惜他不会水，便着急地催促凌子风："还等什么？你也不会水吗？车上有绳子，我拉着你下去！"

凌子风苦涩地摇摇头，他知道已经晚了，即使跳下去捞出若男，肯定已是面色苍白的尸体。他会哭着施行急救，却终无回天之力。四年前的那个场景浮现在眼前，与现实交叉，几乎分不清哪是彼哪是此，哪是真哪是幻。在这一瞬间，凌子风果断地做出决定，他把田茹紧紧搂到怀中，像大哥哥似的吻吻她的额头，深情地说："田茹，再见！"便抬起手臂按下返回钮。在片刻的虚空摇曳中，他似乎还能听见田茹的尖声叫喊："子风！你到哪儿去了？子风！"

1999 年 8 月 20 日，晚上 11 点 04 分

晚风习习，河滩上绿草如茵。凌子风低头躲避着陌生人的探询目光，低语道："我还要返回到十年前，我要和若男结婚，我不能眼睁睁看着她为我殉情。"他说得很急，似乎怕自己改变主意，"至于田茹，她和我结婚是在此后，如果我根本不在她的生活里出现，那她就不会有任何痛苦。我说的对吗？"

他哀求地等着陌生人的判决。陌生人迟疑地说："从理论上说，你说的完全正确。只是……"

凌子风匆匆打断了他的话："谢谢你，我要调整时间了。"他低下头，很快把时间调定到 1989 年 8 月 20 日晚 10 时 24 分，按下"同相入"钮。

1989 年 8 月 20 日，晚上 10 时 24 分

若男感动地说："今天我才知道，我在你心目中的分量是这样重。"她笑着宣布，"考察期到今天结束，我决定了，要嫁给你！"

凌子风默默地为她披上风衣，没有说话。若男不解地望着他，佯怒道："怎么啦？听到我的决定，你好像一点儿也不高兴。"

凌子风把她搂到怀里："哪能不高兴呢，我当然高兴。"

我真的高兴。从此我可以和你在一起，像平常人那样生活。我不会为"另一篇"文章中某个女人的命运而自责，我不再能预知儿女的性别，也会像别人那样揣测、期盼，在产房外焦急地等待结果……他再次说："我真的很高兴。我相信咱们一定会和和美美地过一辈子，等咱们满头白发，你会瘪着没牙的嘴巴说：'老头子呀，这辈子你娶了我，后悔不后悔？'"

若男立即压着嗓子，学着凌子风的粗笨嗓音说："老婆子呀，你哪，嫁给我后悔不后悔？"

两人都笑了，但若男的笑声是透明的、纯真的，凌子风的笑声却透着几许苦涩。

20 分钟后，凌子风把若男送到她的家门口，说："再见，我要走了。出租车还在街口等着哩。"

若男恋恋不舍地抱着他，忽然害羞地邀请道："要不，你今晚留下来？我有钥匙，爸妈不会知道的。"她又补充道，"知道了也没关系，我对他们说，我明天就嫁给你！"

　　凌子风很感动，他回头打发走出租车，然后跟在若男后边，轻轻打开门锁，蹑手蹑脚地进了屋。只听，若男妈问了一声："男男回来了？厨房里有饭菜。"

　　若男急忙说："妈，我不饿，我困了，这就去睡觉。"

　　关了卧室门，两人立即无声地笑着，拥作一团。他们和衣躺在床上，絮絮地低声说着古老的情话。慢慢的，若男的声音中浸透了睡意，终于歪过头睡着了。凌子风却全无睡意，他从若男颈下轻轻抽出胳臂，极轻地下床，赤脚走到窗前，遥望着深邃的苍穹。当他以35岁的意识去重复25岁的生活时，他不由得想到，也许上苍是最痛苦的。他既然洞晓过去未来，那么，再面对一桩桩无法避免的惨祸或者是不幸时，他一定怀着双倍的痛苦，因为在不幸到来之前他已经在"等待"……凌子风又想到那个叫田茹的女人。如果他自此心无旁骛地走完这一种人生，那么田茹就是一个完全的陌生人，根本不会走进他的生活，因而她也不会对失去凌子风产生任何感受。但是，凌子风仍然无法消除一个顽固的念头：他想看看田茹的生活，看看她是否对这一切茫无所知，看看她是否拥有一个幸福的家庭。

　　若男睡得很甜，很安心，她一定以为自己仍躺在恋人的怀抱中。在这种情形下为另一个女人担心，简直是对若男的背叛；但凌子风还是横下心，把时间调到四年之后，即 1993 年 12 月 8 日晚 9 点，那是在另一种人生中他和田茹结婚的日子。然后，他按下"同相入"。

并没有之前的那种虚空摇曳，若男仍在床上酣睡。凌子风疑惑地看看表盘，上面打着一行奇怪的符号。忽然符号转换成英文，未等他识读，符号又转换成中文，字写得歪歪扭扭的，就像是孩童的涂鸦："调定时间无效，请检查输入指令。"

他想了想，改按了"异相入"。片刻之后，表盘上又打出："调定时间无效，只余一次校核机会。"

他不敢再胡来，想了想，决定先返回到出发原点。他恋恋不舍地看看若男——当然，他很快就会返回这儿，他一定会返回这儿。但是，天地无情，谁知道会不会出什么意外？谁知道他与若男这一别是否将成永诀？他犹豫再三，才按下返回钮。

1999 年 8 月 20 日，晚上 11 点 03 分

陌生人看到他从虚空中现身，这次的他神色比较平静，没有内疚、绝望和痛苦。陌生人放下心来，问道："请问，你这次……"

凌子风匆匆打断了他的问话，难为情地说："请原谅我的纠

缠不休，我只是想满足一下自己的好奇心，想去看看田茹是否过得幸福。我只看一眼就放心了，不会陷进去的。但我刚才打算进入1993年时，机器一直显示'调定时间无效'，我只好返回来请教你。"

陌生人耐心地说："怪我没有讲清。这个时间来去器只能回到'过去'，再返回到'现在'，而不能进入'未来'。所以，如果你是在1999年得到它，你就只能在1999年之前漫游。1993年当然是'过去'，但对1989年来说，它又是'未来'，所以你不能从1989年直接进入1993年，必须先返回到真实时间再进入它。现在你就可以去那儿了。不过，你走前我想先和你告辞，你已经不需要我了，我该走了。"

"好吧，谢谢你，再见——可是你怎么同我辞别呢？你说过，不管我在'过去'待了多久，等我返回时，仍是离开时的此时此刻。也就是说，你仍在我的面前。"

陌生人说："对，所以请你等一下，等我离开这儿以后你再按那个按钮。"

凌子风本来就不愿放陌生人离开，因为他已把这人当成他回到真实世界的保障。他立即笑着说："既然这样，请你再陪我一会儿吧，反正这又不会浪费你的时间，行不行？也许我再次返回时还要请教你一两个问题呢。"

陌生人犹豫着，他急欲离开这个魔环，它给持有者留下的可不是什么甜蜜的回忆。但他无法摆脱凌子风的纠缠,因为不管怎样,凌子风总能及时地从过去世界返回并赶上他。于是,他勉强地说:"好吧,不过这是最后一次了。"

凌子风眉开眼笑地说:"谢谢,衷心感谢。现在我要返回到1993年12月8日了——不不,我真糊涂。这一天本来是前一种生活中我同田茹结婚的日子,现在这次婚礼已经不存在了。可是,如果我想看到田茹同别人结婚,我该返回到哪一天呢?我不知道这个时间。"

"你可以用 * 号代替具体年份,再加一个注解:'田茹结婚的时刻',机器会自动搜索的。"

凌子风得理不饶人地喊道:"你看,你为什么不早点儿把所有的秘诀都告诉我呢。下次我返回时,你一定要倾囊而授,这样我以后就不会麻烦你了。"

他按照陌生人的指点调整好时间,按下"同相入"。这次进入花费的时间稍长,魔环内吱吱地响了一会儿,空间亦一阵抖动。

1992年9月6日,上午11点49分

小点点在水边上晃着脚丫,大声叫嚷:"我不嘛,我不嘛,我还要玩水,要玩到天黑!"

若男穿着天蓝色的游泳衣，托着小点点在玩水。两岁的点点面色红润，胳膊像藕节一样白嫩，她玩得很尽兴，头发也散了，活脱一个疯丫头。若男不解地说："干吗急着要走？刚刚玩了一会儿，点点还没有过瘾呢。你不是答应她玩一天吗？"

凌子风焦急地说："我刚想起，田茹要在今天中午举行婚礼，我们不能不去的。"

"田茹是谁？"

"到现在为止，她对你我来说还是个陌生人，不过，今后她会成为咱们的一个很好的朋友。你不相信我的话吗？"

若男咕哝着说："看你神气的，好像个预言家似的。你那时说我要生个小子，咋会生了个女儿？"

不过，她说是说，实际还是很信任丈夫的。不知道凌子风从哪儿学来这些神神道道的本事，结婚近四年来，他确实做过一些很准确的预言，比如1991年的伊科之战，1992年的美国十大畅销影片，等等。她相信丈夫说的都并非虚言，于是，她劝小点点："点点，听爸爸的话，你不是最爱看花娘娘结婚？那儿有好多好多客人，汽车上都扎着彩球，新娘穿着漂亮的婚纱……"

小点点果然中计了："好吧，咱们走吧，看完结婚再回来玩水，好吗？"

他们给小点点穿好衣服，梳好辫子，叫了一辆出租车直奔金鸳鸯首饰店。他知道这儿有田茹最喜欢的那种珍珠项链。项链在天鹅绒的首饰盒中闪闪发光，标价是1200元。若男吃惊地说："1200元？子风，咱们送个200元的红包就行了，哪有人生面不熟的，一下子送这么重的礼？"

凌子风说："听我的，回去后再跟你解释。买吧。"

若男不情愿地掏出长城卡。

他们后又跑到田茹家打听到新房的详细地址，乘出租车急急赶去。等他们赶到时，新郎正抱着新娘进门。田茹一袭洁白的婚纱，娇羞地挽住丈夫的脖颈。他们挤进人群，耐心地等仪式进行完，来到新郎新娘身旁，凌子风微笑着说："恭喜你们。我们知道得太晚，这就急忙赶来了。一点小礼物，不成敬意。点点，把礼物送给叔叔和新婶婶。"

小点点在妈妈怀中高高举起首饰盒，口齿清楚地说："祝新郎新娘白头到老，早生贵子！"

这当然是妈妈教的话，来宾们都高兴地鼓掌，田茹和新郎陈习安迷惑地看看对方——他们都以为来客是对方的朋友——接过礼物。凌子风对新娘轻声说："请打开它，不知道你是否喜欢这个式样。"

新娘不好意思地打开盒子，立时一声低呼。盒内是一条漂亮的珍珠项链，展开看，正是她最喜欢的样式。她脸色晕红，开心地说："谢谢，这个礼物太贵重了！"

凌子风挥挥手："不必客气，只要你喜欢，我就放心了。"

是的，我可以放心了。看来田茹对他没一点印象，这串项链也没勾起她的任何回忆——要知道这正是田茹和他结婚时戴的那种式样！不过这并不奇怪，他和田茹的婚姻是在另一个平行世界和平行时间里，此时此地的这个田茹当然不可能有什么记忆。

新郎的大哥赶忙为新客人安排了座位，喜宴开始了。席上，大哥把凌子风当成了重点对象，频频劝酒。若男竭力抵挡，说："大哥，他真的不能喝酒，两杯灌下去就要胡说八道了！"

新郎的大哥不依不饶地又敬了一杯："不行，今天非要一醉方休！我不认识你们，但我知道你们一定是习安或小茹的好朋友。今天不喝足，就是不给大哥面子！"

凌子风这会儿心境异常轻松，笑道："若男你别挡，今天我高兴，要陪大哥喝个痛快！"

若男恼火地瞪他一眼，不好再劝。几巡过后，凌子风的脑袋已经胀大，舌头也开始发直。若男十分着急，却劝止不住。更要命的是，新郎新娘也敬到这一桌上了。新郎倒了满满六杯酒，让新娘双手举过来，热情地说："请大哥和大嫂满饮这六杯。抱歉得很，我俩都眼拙，到现在还没有想起大哥大嫂的名字。"

新娘没说话，水汪汪的眼睛紧盯着新郎。凌子风想，她确实想不起我了，刹那间微觉怆然，但这点思绪一闪即过。不要再牵挂这个世界的悲欢了，他应该高兴的。他与若男，田茹与这位陈习安，一定都会有一个幸福的人生。他接过六杯酒一饮而尽，大笑道:"你们本来不认得我,咱们之间的缘分是在前生结下的,说来话长,闲暇时再说吧!"

新婚夫妇困惑地笑着,这位一定是喝醉了,在说疯话。他们又为若男倒了六杯,凌子风又接过来:"内人不会喝酒,我代劳了吧,祝二位幸福美满,早生贵子!"

十二杯喝完,若男扯了扯田茹的衣袖,偷偷示意实在不能再灌他了。两个新人不再勉强,转向别的客人敬酒。小点点看见爸爸满脸通红,"咯咯"笑着,点着爸爸的鼻子:"爸爸喝醉了,爸爸是个大酒鬼!"

凌子风威胁地说:"不许胡说!谁说我醉了?"

若男调侃地说:"爸爸没醉。醉人管不住自己的嘴巴,尽说废话。点点,你看爸爸,一定能把嘴巴闭上!"

凌子风倔强地说:"我当然能闭上。"他遂闭紧嘴巴,不再说话。

我没有醉,我只是高兴。我们三个人都有了圆满的结局。田茹会心安理得地和新丈夫生活,为他生儿育女,白头到老……不对,这里有一点点不对,是什么呢?……早生贵子,早生贵子……

新人们敬完一圈酒后说道:"失陪,各位请吃好。"便要转到另一桌去,经过凌子风的身边时,他忽然抓住新娘的手,急急问:"田田呢?"

新娘吃惊地瞪圆眼睛:"什么田田?"

若男知道丈夫醉了，怕他做出什么失礼的举动，忙来拉他，但凌子风的手掌像铁箍一样紧紧地箍住田茹的胳臂，恼火地说："当然是咱们的儿子田田，那个最聪明、最讨人喜爱的小神童，你怎么能忘了呢？"

满座皆惊！新娘面色苍白，强忍住眼泪，这个素不相识的人为什么专程来搅和她的喜宴，败坏她的名声？新郎和若男都双目冒火，他们对凌子风的醉话有几分相信，因为那件 1200 元的贵重礼物本来就惹人生疑。几个邻座的小伙子已经摩拳擦掌地逼过来，要来教训这个厚颜无耻的流氓。新郎倒还冷静，不愿在吉日良辰把事闹大，便抑住怒气，拦住那几个小伙子："他是喝醉了，满嘴胡扯，大林，你们几个把他架出去。"

凌子风看到满座的敌意，他挥挥手，不耐烦地解释："你们误会了，新郎你也别多心。我没喝醉，也没认错人，就是这个田茹，一点儿也不错。不过她生田田的事发生在另一个世界内，另一个平行时间内，此时此地的田茹并不知道。"他恍然大悟，捶着自己的脑袋，"是我糊涂了，既然这样，我问她有什么用？我得去那个平行时间里去找田茹。"

他颓然坐到椅子上，慌乱地调定魔环上的时间。一座人迷惑不解，不知道他是真疯还是假醉。若男强忍住泪水，真想抱上点点一走了之。但她看见几个壮小伙儿正向丈夫逼近，怕他吃亏，不敢离开。凌子风对这一切视而不见，自顾自按下魔环的返回钮，他在这个世界里最后听到的是点点的哭声:"爸爸!爸爸!你到哪儿去了?"

1999年8月20日,晚上11点05分

　　醉醺醺的凌子风忽然现身在陌生人面前,陌生人觉得很奇怪,两人从黄鹤酒家步行过来时,凌子风并没有多少醉意,那么,他的醉意是从过去带来的?从理论上说,这完全不可能,因为一个时间旅行者在返回现在的时候,会完全恢复出发前的形态。但眼前这个人却分明满身酒气,他口齿不清地说道:"我要找田田,我的儿子田田。先生,怎样才能找到我的儿子田田?"

　　陌生人苦笑地端详着他,似乎不相信他是如此弱智。他说:"我想凌先生在返回过去之前,对此该有一点最起码的了解吧。你已经按自己的意愿和若男结了婚,和她有了一个可爱的女儿小点点。田茹已经和你没有任何关系了,自然不可能有什么田田。"

　　凌子风急忙打断他的话:"我知道我知道,可是,田田是个少见的神童啊,他很可能成为爱因斯坦那样的科学家,在人类历史上写下自己的名字。这种神童是很难得的,怎么能让他悄无声息地消失呢?"

　　陌生人严肃地说:"很遗憾,这件事情无法可想,当你决定救

下若男并和她结婚后，田田就根本不存在了！"

凌子风的神情已近于癫狂，喃喃地说："那么是我杀了他？实际上是我杀了他？"

陌生人已经不耐烦了："怎么能这样说呢？从概率上说，你和无数女人都有结合并生儿育女的机会。但这无数个可能的组合中只有一个会成为既定事实。当你的生活发生这么一次'坍缩'后，也就斩断了其他婴儿的出生之路。你能说这无数有可能出生但未能出生的婴儿都是你杀死的？"

"我知道，我知道，但田田毕竟已经出生并活到七岁了呀！"

陌生人冷冷地说："很抱歉，我不能帮你什么忙，我劝你不要有太多的欲望，下决心挑选一种生活，心不旁骛地过下去吧。另外，请你记住，不想再拥有它时，要为它找一个新的主人。凌先生，我要同你说再见了。"

凌子风彷徨无路。他很想按陌生人所说，仅挑选一种生活。但挑选哪一种？几种生活已经揉来搓去，弄得皮破肉烂，不堪入目。更要命的是，不论挑选哪一种生活，他都不可能"心不旁骛"，他都要操心另一种生活中亲人的命运，为之牵肠挂肚，摧心裂肝。

他如果挑选第一种生活，就要认可若男的死亡；

他如果挑选第二种生活，就要扼杀田田的生命。

十年前，若男的不幸使他痛不欲生，但那毕竟是一个不可抗拒的意外。而现在，若男或者田田是否死去却是取决于他的决定，他该如何选择？该留下哪一个而"杀死"哪一个？

陌生人看见了他的绝望和无奈，作为一个过来人，他当然能理解，但是爱莫能助。他叹了口气，又说了一遍："凌先生，再见。"便转身走开。走了十几步后，他才听到凌子风的回答，像是答话，又像是自语："再见。我要把这个不祥的东西送回原地，不让它再害人。"

陌生人立即领悟到这句话的含义：如果他想把魔环留在唐朝，那他自己也不可能返回了，他是以这种自我牺牲的方式来求得解脱。陌生人觉得内疚，毕竟是他造成这种局面，他想尽力劝劝凌子风，扭回头，那个地方却已空无一人，只有空气还在微微振荡。

凌子风已经走了。

陌生人默默地等了一会儿。如果凌子风是在一时冲动下做出这个决定，也许他随后便会后悔，会使用魔环返回这里。十秒后，他仍没有返回。他永远不会再回来了。陌生人忽然想到天福寺地宫中那封短柬，直到这时，他才恍然悟到其中含义：

"仙人凌风子自言亦中土人氏，仗此镯修行凡一千九百九十九年，方能脱体飞升，知过去未来之事。"

当时他还纳闷，为什么凌风子修行的时间有零有整，能如此精确到一千九百九十九年？现在他明白了，仙人并不是什么凌风子，而是凌子风；他于 1999 年得到魔环，在绝望中回到唐朝并死在那里。临死前，他肯定对某人（很可能是位僧人）讲述了自己的经历，留下魔环；而那位对高科技一窍不通的唐朝和尚把这些话半生不熟地吞了下去，写出那封短柬，与魔环一起葬身天福寺地宫。

然后，魔环在 20 世纪 80 年代被发现，几经辗转，来到凌子风手里。这是一个闭口的时间循环，周而复始，没有开头和结尾。至于外星人的这件宝物是何时加入这个循环中的，恐怕只能是一个解不开的谜。

远处出现了汽车的灯光，一辆黄色的出租车开了过来，停在河边。一高一低两个人影从车上下来，然后出租车把大灯对准岸边，那两个人影在光柱中踉跄而来，边走边喊："子风！爸爸！你在哪儿？"

听得出一个是女人，一个是小孩。小孩的声音很尖，无法辨出是男孩还是女孩。陌生人知道这是凌子风的家人来寻找他，但究竟是若男和点点，还是田茹和田田？他不得而知。

他知道自己留在这儿将会很尴尬，凌子风的妻子肯定不会相信她的丈夫已经到了唐朝，说不定，她会把这个可疑的陌生人当成杀人凶手。陌生人苦笑一声，悄悄离开岸边，走了很远，还听见两人焦急绝望的呼喊声。